利根川・隅田川

安岡章太郎

中央公論新社

目次

利根川……9

利根川・隅田川

利根川

空から

眼の下に、川は煙っていた。

小型の双発機、エアロ・コマンダーは、高度約八〇〇メートル、速度約二〇〇キロメートル時、犬吠岬の河口から、支流を合わせると関東平野のほとんど全地域にまたがってながれる利根川の本流を追って飛んでいる。

出来るだけ低く、出来るだけ遅く、と操縦士にたのんでおいたのだが、

「川の上は気流が悪いのでね――」

と、老練の飛行家T氏は、おりからの曇り空を眺めながら慎重なこたえだった。事実、機はときどきガクンと上下に揺れる。するとようやく私たちにも、空気が自分たちを支える厚味や濃度として伝わってくる。

利根川は東京を流れていた

利根川とはかぎらない、とにかく自分になじみのある川を、川下から川上まで、空の上から眺めてみたいというのが、私の念願（？）の一つだった——。別に、なぜという理由もない。子供のころ、よく橋の真中あたりで欄干から体を半分乗出すように川のおもてを何時までも眺めていた、あれである。一体どっちに向かって流れているのか、見れば見るほどわからなくなってくるような、重そうな、ねっとりしたふしぎな水の流れ——。

なぜだろう、なぜ川の流れにひきつけられたりするのだろう？「川は生きている」からだろうか。

昨年（昭和三十九年）の夏、東京中の水道が涸れて大騒ぎしていたころ、私は暑苦しい書斎で仕事にも手がつかぬままゴロゴロしながら、ひとから借りた徳田球一の『利根川水系の綜合改革』を読んでいた。昭和二十七年に出版されたワラ半紙、三〇ページばかりのものだが、なかなか時宜に適した読物だった。

簡単にいうと、そのころ「キティー」だの、「アイオン」だの、派手な名前の台風がやたらと襲来して、これといっしょに、利根川の水が暴れまわり、氾濫したことについて、いくら堤防を高く築き上げたって、それは根本的な治水にはならない、堤防を高くすれば、それだけ川床も高くなり、〝天井川〟などを作ってしまうから、かえって危険である。本気で治水対策をやるには、水源地附近その他、上流各地にダムをたくさんつくって、流水の調節をはからなければならない——と、アメリカのTVA（テネシー峡谷開発計画）に似た方策を説いているのだが、火焔ビンだの、交番襲撃だの、とかくキツネを馬に乗せたようなことばかりやっていると思われた徳球の政策のなかで、意外に着実で、明るい未来を感じさせる構想が述べられていた。

とくに不断に農民を水びたしの危険にさらしている関東平野全体の地形を、まるで濡れゾウキンを絞り上げるように変え、その水を将来、深刻な水不足に悩まされるにちがいない都市に廻すことなど、なかなか卓抜なるアイデアであるように思われる。

ところで、その〝利根川改革案〟の基本方策というか、第一に着手すべきは、利根川の流れを、もとの流状にもどせ、というのである——。

徳川家康が幕府を江戸に置くまでの利根川は、群馬、埼玉と、山地から平野に大体東南の方角に向かって流れ、そのまま東京湾へそそいでいた。それを現在のように、栗橋のすこし上流地点から運河を掘り千葉県犬吠岬の方へ流したのは、江戸城を水攻めから守るための手段であり、河勢にさからってムリな工事をしたむくいが、いまにいたって栗橋附近での堤防の決潰にあらわれている。城一つ守るために三百年前、人民を年々洪水の苦しみに陥れながら、自分は安全な城の中で知らん顔をしている、これ封建的天皇制の大罪悪といわずして何ゾや、といった調子であるが、その当否はともかく、現在も利根川を氾濫した水が古利根川の流域を通って押し流れることは事実らしい。

私も、家康の政策を憎むが、それよりもじつは、古利根川の存在に興味をひかれた。利根川が東京を流れていた――。私は、パリを流れるセーヌ河、聖ペテルブルグと呼ばれていたころのレニングラードを育て上げたネバァ河など、世界各国、主要な都市にはつきものの立派な川と想いくらべて、東京にもあのような堂々たる河がゆうゆうと流れていることを想像すると、それだけで何となく昂奮し、早速、

「利根川は、もとの流れにもどすべきだ」

と、誰彼をつかまえては、さも河川学にウンチクありげな顔つきで、吹聴しはじめた。

それにしても「古利根川」とは、一体どこを、どんなふうにして流れていたのだろう。大体それは、いまも細ぼそと流れているものなのか、それとも完全に干上って、跡かたもなくなってしまっているのか？

私は、古い東京のことにくわしい人たちの顔をみるたびに質問したが、いくら訊いても要領を得なかった。そのはずだ、どんなに昔の東京を知っている人だって、江戸がはじま

ったばかりのことまで見てきたわけがない。——隅田川の上流は荒川だ。そこまでは大抵の人が知っている。けれども、その荒川がそのまま利根につながっていたかどうかは、わからない。利根に古利根があるように、荒川にも元荒川というのがある。現在、利根から東京へ流れてきているのは江戸川だが、それが昔はもっと東京の中心部を流れていたというようなことを言う人もいる。

「それじゃ、いまの飯田橋の前の江戸川、あれが昔の利根の本流かな？」

「まあ、そんなことかもしれませんねえ」

といった調子である。

最初のひとしずくを見たい

まったくのところ、私たちは東京に住んでいながら、自分たちの町のことを何も知らない。飯田橋の「江戸川」を私は都電の停留所の名前として知っているだけである。それが川なのか、堀なのか、それとも暗渠《あんきょ》のドブなのかも考えたことがない。ただ、あのあたり、都電の江戸川橋停留所附近の、古い石垣に畳まれた堀の幅を何倍にも拡げて、そこを利根川の水が豊かに流れるさまを空想すると、それは護国寺前から音羽の電車通りをぬけて、両岸の家の土台をひたひたと舐めながら、国電飯田橋駅のガードに向かって、ゆったりと流れて行きそうに思え、〝水の都ベニス〟のごとき眺めとなって、眼に浮かぶのである。

だが、このような幻影は私の無知のしからしめるところであった。飯田橋の「江戸川」は井之頭池の水をひいたもので、利根の支流の江戸川とは全然無関係であることは、かなりハッキリと説明してもらった。

昔の利根川は、やはり隅田川につながって流れていたと考えられ、東京と千葉の境を流れる江戸川は渡良瀬川の本流であって、その渡良瀬は利根の流れを東へ、つまり犬吠岬の方へ人為的に向け変えられたときに、独立した「渡良瀬川」は利根の支流に成下がったという。

要するに、いまの利根川の中流以降は、霞ヶ浦の南に、東西に細長く延びていた湖沼(香取海、藺《い》沼)や、それにそそぎこんでいた鬼怒川、小貝《こかい》川などの下流を運河で適当につなぎ合わせたものらしい。

印旛沼、手賀沼、長沼などは、香取海が干拓されるまでは霞ヶ浦のつなぎであるし、つまるところ徳川初期までの関東平野の東半分は川と沼と海との入混じったボウ大な泥んこ地帯だったのだろう。……米作民族というのは、いつもこのような泥んこ地帯に住みつき、まるで泥の中から根で呼吸するように生きつづけるものかもしれない。

いま、われわれの眼の下には、碁盤の目のように区分けされ、薄茶と、緑と、灰色の、まるでビロードの手触りをおもわせる千葉、埼玉の水田が拡がる。

しかし、整然とした農地の間に何本か横たわる川の流れを見下ろしても、どれが利根やら古利根やら見当もつかぬうちに、コマンダー機は北上して、いつか高崎、前橋も通り過ぎた。驟雨があり、雲の切れ目から射しこむ陽に、草色の地を這う利根の流れは、一瞬息をのむ美しさだった。

ただ気象状況は、このあたりから、ますます悪くなる。黒い雲の黄色い日射しの下に、白いボンヤリした水蒸気があるばかりだ。霧のようにかすんだ雲の底から、藤原ダムの青い淀みや、矢木沢ダムのコンクリート壁などが覗いて、いよいよ水源地に差しかかろうとしていることだけはわかる。

こんどの飛行で愉しみにしていたのは、利根の水源を上から眺めることだった。利根の魅力の一つは、淀川など湖から流れ出す川とちがって、この日本一の大きな川の水のみなもとがハッキリしないことだ。いずれ山奥のどこかからチョロチョロと湧き出す水が、あつまってあの大きな流れをつくっているにちがいないのだが、そのチョロチョロした湧き水の一番のもと、山の渓間の奥の奥に、岩の裂けめからポタンと一滴、したたり落ちる利根川の流れの最初のひとシズク、そこを一と眼みてみたい。……しかしダメだ。

(もっと高度を低く、ユックリ飛んでくれ)

前後、左右を白い雲に包まれた中で、私は操縦士にたのもうとして、やめた。幕みたいに垂れた雲が上ると、いきなり大きな山のドテッ腹が眼の前をふさいでいる。その瞬間、機体はグラリと揺れて、また雲の中に突っこんだ。私ははじめて文明の利器の信頼を棄てた。まるで雲が一枚のナプキンのように思われる。ナプキンは白くて柔らかいが、すぐその中にゴツゴツした岩だらけの山が待ち構えているのかと思うと、気分が悪く、吐きそうになった。黒いコブが、いくつも突出した山の頂と頂に、何本も雪渓が白骨のように光り、そいつが前後左右にグルグル廻りはじめた。

こうなっては、もはや渓間の奥のひとシズクを探すどころではない。——もう、たくさん。どこか足場の柔らかそうなところを目掛けて、とび降りたい。

水源へ

霧と雲につつまれ、雪渓に覆われた利根川の水源は、われわれが小型双発機の上から眺めて眼をまわしただけでなく、かなり近年まで人を近よせぬ秘境のごとくに思われていた——。

じつのところ私は、飛行機などから見下ろすのではなく、川筋にそってブラブラ歩いて行けば、いつか川のみなもとにたどり着けるぐらいの気持で、そのことを建設省前橋事務所の人や、水資源公団矢木沢ダムの人たちに、道案内をしてくれまいかと話してみた。すると彼等は私を、老練な登山家かとカン違いするらしく、「外国では、どんな山に登ってこられましたか」などと、イヤにあらたまった態度で訊きかえすのである。私は川が見たいのであって、山登りがしたいわけではない。彼等にきくと、利根の源流の両岸は切立った岩の崖になっており、沢づたいに行くと、いくつもの瀑布にぶっつかるから、それを越えるにはロック・クライミングやロープを使わなければならず、相手は私が当然それぐらいのことは心得ているものとして、話しているのであった。

伝説と迷信に包まれた地帯

冗談ではない。こちらは山といえば、小学生のころにケーブル・カーや何かで東京郊外の高尾山へ上ったことがあるきりだ。だいたい山は、低い平地から見上げるから山なのであって、そのテッペンによじのぼって下界を見下ろし、「ヤッホー」などと奇声を発する趣味は、私にはまったくない。ただ、「利根のミナモトの最初の一滴がポタリと落ちるところを見たいですね」などと言い出した手前、そのまま引きさがるのも、具合が悪かった。

それに地図で見ると、目下建設中の矢木沢ダムの端から水源とおぼしきあたりまでは、せいぜい一〇キロか二〇キロぐらいしかなさそうだ。それぐらいのものなら、少々遠廻りをすれば、沢だの滝だのを通らなくたって、水のチョロチョロしているところは、見られそうではないか。これでも私は歩兵だ。小銃、背ノウ、円ピなど何十キロの装具をしょって、時速六キロで何時間も歩かされたことを考えれば、手ぶらで二〇キロやそこらの山道を歩くことぐらい、大したことはあるまい。

要するに、私は自分が山登りのシロウトであることを意識させられると、かえって妙に依怙地になって、水源地行きを主張した。

ところで、その水源とはどんな場所か?

利根川の地誌で、昔から知られているのは、幕末の医師赤松宗旦《そうたん》の『利根川図志』であるが、その第一行目に、

「利根川は本源を上野《こうずけ》ノ国利根郡藤原の奥なる文殊《もんじゅ》山に発す」

とある。しかし宗旦自身は下総《しもうさ》布川《ふかわ》の人であるから、『図志』も利根川の中流以降のことしか書いてない。これを読むと、そのころ——といっても、つい百年ばかりまえのことだが——関東地方でひらけているのは東南部の平野だけで、西北の山岳地帯はエゾの子孫だの、平将門、安倍貞任、宗任などの梟雄どもの末裔のひそむ未開の蛮地といった印象をうける。

そういえば利根川の「トネ」は、アイヌ語で大きな川、または湖のような川を意味する由で、先住民族エゾの残した貝塚の分布が全国三千五百ヵ所あるうち、三分の一は関東地方で発見されたものであることからも、関東の山岳部はエゾの本拠とみなされるらしい。

つまり宗旦のころまで、利根の上流一帯は伝説にしかあらわれず、「文殊山」なる山も架空のもので、いま参謀本部（五万分の一）の地図をながめても、そんな名前の山は存在

しない。しかし利根川が、この文殊山の山奥の文殊菩薩の両乳房から湧き出す水をミナモトにしているという伝説は、明治の中頃までかなり一般に信じられていたらしい。

　第一回の利根川水源遡行として知られているのは、明治二十七年、群馬県の技師、警察署長、師範学校長など十七名が、人夫その他、三十九名の隊を組織して出掛けたものだが、このとき隊長の警察官は、「腰に三尺の秋水を帯び」たという。当時は無論、地図らしい地図もなく、人跡未踏の地には、熊、猿、その他の猛獣をはじめ、魑魅魍魎《ちみもうりょう》、何が出てくるかわからない。日本刀はそういう魔物や怪物に襲撃されたときの用意である。

　この一隊の悪戦苦闘ぶりは渡部千吉郎なる人の手記にくわしく描かれているが、とにかく九月十九日に沼田を出発してから、水長沢《みながさわ》をさかのぼって水源に達し、尾瀬ヶ原に出て二十九日に沼田へ帰りつくまでの十日間、ほとんど毎日、決死の冒険つづきである。「数間毎《ごと》に必ず瀑布あり、而《しか》して両岸を顧みれば一面の岩壁屏風の如《ごと》くなるを以て、如何なる危き瀑布と雖《いえど》も之を過ぐるの外途なきなり。瀑布を上り俯視《ふし》すれば毛髪慄然《りつぜん》、脚為めに戦慄《せんりつ》す」とあり、そこで皆の者は「恰《あたか》も四肢を以て匍匐《ほふく》する所の四足獣に化し去りたるの想ひをなし」たという具合だ。

　ところが一行が、そのようにして岩山を上って行くうち、ふと右側の奇峰を超えて俯視すると、渓間の一丘上に文殊菩薩を発見する。一同拍手喝采して丘のふもとへ行ってみるが、丘の高さ百尺余、嶮崖甚しく近づき難い。ようやく二人の者が奮発一番、上ってみると、それは菩薩の形をした天然の奇岩であって、

「菩薩の乳頭と覚《おぼ》しき所に一穴あり、頭上にも亦《また》穴を開けり。古人の所謂《いわゆる》利根水源に文殊菩薩の乳より出づとは、即ち積雪上を踏み来りし際、雪融けて水となり此《この》乳頭より滴下せるを見たるを云ふなるべし」

と納得する。

しかし、この一行は実際の水源を見極めることには失敗した。それが成功するのは、ずっと後になって大正十五年八月、群馬県農務課長の一行、四十六名が第四回目に、大水上山（標高一八五〇メートル、大利根岳ともいう）に登ってからである。この探検の成功でようやく水源の状態が明らかになった。

さすがに大正も末年となると、利根の奥地も伝説や迷信に包まれた地帯ではなくなるが、それでも、この探検計画は、「南北極地、アフリカ、チベット、ゴビの砂漠探検に比すべき」壮挙であって、もしそれが成功すれば、「頽廃せる世道人心を益すること、甚大なるべし」と、当時の上毛新聞に書いてある。

揺れるつり橋をよつんばい

この探検には猪谷六合雄《いがやくにお》（スキーの千春選手の父君）氏が、写真担当の記録係として参加しており、一行が崖っぷちの雪渓で、谷間に転落しそうになりながら夜を明かしたり、豪雨に降りこめられて三日二晩、露営の天幕に閉じこもったまま身動きできなくなったりというとき、単身で連絡や斥候に出掛けるなど、大活躍を示している。

第一回、第二回とも、人夫は藤原部落の青年が志願して出ているが、第二回の隊に参加した雲越貞雄氏に、そのときの様子をきくと、部落をあげての大騒ぎだったらしい。しかし地元の人を驚かせたのは、むしろ探検員の都会的な風俗であったらしく、「あのときのことで憶えているのは、猪谷さんが革の登山靴をはいていたことです。たしか他の人は、みんなワラジで、猪谷さんだけが靴をはいていましたが、私らはあんなものを見たのは初めてだったで、みんなビックリしたもんです」

という。藤原は奥州藤原氏の子孫が棲み、徳川時代は沼田藩の流刑地だったといわれたところだが、当地はまだ世間から隔絶された〝桃源郷〟だったわけだろう。

昭和に入ってからは、利根水資源調査団の一行三十名が水源地一帯を調査しているほか、山のベテランが少人数のグループで何回か大水上山に上っており、もはやゴビの砂漠や南極北極の探検に比較されるほどのこともなくなったが、そうした数えるほどしかない登頂者のうちで、これこそ利根の水源と言っている場所が、それぞれ違う。

大水上山の八合目あたりから上は扇状の雪田になっており、その扇のカナメに当る附近を漠然と「水源」と呼ぶ人もいれば、その山頂に最も近い雪渓の一角を掘下げて、綱につるした飯盒《はんごう》で雪解けの水をくみ、ゴクリと呑んだ水を、「大利根川の最初の一滴だ」という人もいる。一番たしからしいのは昭和二十九年の調査団一行が九合目あたりで発見した、岩の谷間のお盆ぐらいの湧き水の池で、その上は乾き切った岩ばかりだというが、これはまあ、そのときのお天気次第で、どんなふうにも変るだろう。

大体のところは水長沢の合流点から上にのぼった沢の上流なら、どれを取ってもみんな利根川の「最初の一滴」ということになりそうだ。

ということにして、私たち、伊藤画伯とY編集部員の一行は、やがて矢木沢ダムの湖底に沈むはずの湯の花温泉で一泊し、そこから上流の行けるところまで行ってみようということになった。

〝湯の花〟は、利根川最上流の、川っぷちに湧き出した温泉で、第一回、第二回の探検隊は、人家を遠くはなれた山奥の川原に湯気が上っているのを見つけ出し、交代でその湯につかって温を取ったという。いまは一軒だけ、山小屋のような宿があるが、電灯はなくランプだけだ。

道路から急傾斜になった谷底へ、小径をつたって三〇〇メートルほども降りたところに、長さ五、六〇メートルばかりのつり橋がかかっている。下を利根の上流が岩を嚙んで流れており、宿はその橋を渡ったところにある。

私たちの姿を見ると、宿の女中さんが、そのつり橋をトントンと、反動をつけて、ケンケン跳びでもするような恰好でやってきた。それにつられて私は、一どきに一人しか渡れないという橋を何の気なしに渡りかけた。

「下を見ないで、真直ぐ前を見て」

一〇メートルばかり渡ったところで、後から女中さんに声を掛けられると、とたんに足もとがグラリとした。長さ五〇センチ、幅五センチほどの薄っぺらな古い板で、赤錆びた針金でツヅリ合わせただけの橋である。見るな、と言われても、いつ、その朽ちかかった板を踏抜かないとはかぎらない。落ちれば下は雪解け水の急流で、まず絶対に助かるまい。おもわず足がすくんで立止ると、急に橋全体が揺れはじめた。

こうなってはミエも恥もない。私は、両手をそろそろと膝のあたりまでおろし、橋の両脇にたるみ下がったワイヤーをシッカリと摑み、はやくも匍匐する四足獣と化したる姿で、一歩ごとに吐息をもらしながら、ようやく橋の向うに達することが出来た。

湯の花温泉

ランプをともした湯の花温泉の宿で一夜を送った翌日は、朝から雨だった。これでは、とても水源まで徒歩で出掛けるわけには行かない——。

私は川原の野天風呂で、湯を浴びながらホッとしたような、がっかりしたような気分だった。何しろ宿の女中さんがサンダルばきで走って渡れるつり橋を、こちらは四つん這いで渡る有様では、これから先、ロック・クライミングの沢のぼりは到底おぼつかない。川そのものは、そんなに深くはないから、河原づたいに遡って歩くことは、それほど難くはないにしても、このへんにはネコマクリというやつがあるから油断できない。

岩魚が手摑みでとれたころ

山地の川はどこでもそうだろうが、山頂附近に雨が降り、雪渓の雪でも溶けたりすると、突然、川の水量が増して、たったいままで膝小僧ぐらいまでしかなかった水が人間の背丈の何倍もの高さになって、川上からドッと押し流れてくる。その水の勢いがまるで猫がマルまって跳んでくるのに似ているところから「ネコマクリ」なる呼称があるという。(注・ネコマクリのネコは猫ではなく、敷物のネコ＝ムシロの大きいもの＝だという説もある)

そんなものに出会ったりしては、たまったものではない。川の水スレスレのところに岩で囲った湯につかって、首から下を温めながら、火照《ほて》った顔と頭とを冷たい雨に打たせているのは、なかなか快適だ。こうして一日中ノンビリと、雨に煙る川を眺めているのも悪くない。

ただ心配なのは、こんな薄ら寒い日にはマムシが湯のまわりの岩の上に集まって来はしないかということだ。何しろ、このへんにはマムシがうじゃうじゃいるらしく、明治時代の探検記にも、そのことが出て来るが、昨夜、宿のおかみさんから炉端できいた話では、彼女のご主人もここの川原で釣りをしているときに、二匹のマムシに左右の手を一度に咬まれてしまったという。まさかマムシが温泉の中で泳いでいるとも思えないが、岩の苔がヌルリと体に触ったりするたびに、蛇のウロコを憶い出して気味悪くなった。

もっとも、ここのおかみさんはマムシのことなど全然、怖れていなかった。ご主人が両手を咬まれたときにも、附近に密生している野生のフキをどっさり刈って、それを咬まれたところに当てがって冷やしたら、腕の付け根まで脹れ上っていたのが、半月ほどで治ってしまったという。おかみさんが、ここに棲みついて宿屋をやり出したのは、戦後の昭和二十三年ごろからだが、熊が家のそばまでやってくることも珍しくはないし、野猿の大群が谷間の崖をつたって現れたり、カモシカだの、ムササビだの、いろいろの動物の話がとび出して、冬ごもりの頃はまるで天然の動物園の檻の中で暮らしているみたいにも聞えた。

釣り好きの伊藤画伯が、

「このへんは岩魚はどうですかね」

と訊くと、

「以前は、そりゃアもうどっさり、そのへんの水溜りにいるのを手摑みでとれるほどいました。このごろは、ずっと少なくなりましたけれど、それでもサオを立てかけて弁当を食べている間に、ひとりでに何匹も掛かってくるぐらいです」

と、川釣りの好きな人にはヨダレの出そうな話だった。もっとも、この日、夕飯に出た塩焼の岩魚は商売人が釣ったのを買ったものだという。鮎よりも淡泊なその肉は、ショウ油をちょっとたらしただけでも味がすっかり毀れるほど微妙だが、塩気がかすかに感じられる程度のやつを嚙みしめると、〝山の香〟が口いっぱいに拡がって、言いようもないウマ味がある。

おかみさんが「手摑みにするほど岩魚がいた」というのは、矢木沢、須田貝、藤原と、階段的に三つ重なったダムの事業がまだ進まなかったころのことだ。すでに須田貝、藤原の二つのダムは完成し、最上部の矢木沢の工事もほとんどおわって、予定ではこの（昭和四十年）八月から一部、水を溜めることになるはずだが、そうなるとこの湯の花の宿も湖底に沈むわけだ。ところで、その立退きの補償が、たった五十万円しか出ないという。これは、おかみさんにとってマムシに百ぺん咬みつかれるより、怖ろしい問題である。五十万円では、よそへ出掛けて商売をはじめることも出来ないし、かといってマゴマゴしていれば家ごと水に呑まれてしまう。

どうしてこんな分の悪い条件を承知したのか——。おかみさんの話を一方的にきいただけでは、何とも言いかねる問題だが、要するにこの山小屋のような家を借受けて宿屋を経営するうち、もとの家主が家を東京電力に売渡し、その際、おかみさんは東電の無給管理人ということにされてしまった。その書類にメクラ判のようなハンコを押したのは、おかみさんのご主人だが、そのため実質的にはおかみさんが十数年この宿屋を経営してきたにもかかわらず、経営権は東電にあって、おかみさんはタダの使用人にすぎず、水資源公団からの補償の金も東電に渡されて、おかみさんはその中から五十万円だけ支払われることになったという次第らしい。

「十何年、一銭も給料をもらっていない管理人なんてあるもんでしょうかねえ。それに東電がやっている旅館なら、すぐそばまできている電線から電灯ぐらい引いたってよさそうなものなのに、ランプのまんまだし……」

会ったばかりのおかみさんの話を、どの程度に信用していいかはわからないが、聞けばおかみさんに同情したくなる。察するところ、いまは、病気で寝ているという彼女のご主人は好人物で、東電の下端社員か誰かにウマく言いくるめられたのであろう。そうでなくとも、マムシに咬まれて医者にもかかれないほどの山奥に何年も暮らしていては、書類だの契約だのというものにはウトくなり、言われたとおりハンを押さされてしまったのかもしれぬ。

ダム開発の最大難関は補償

ダム開発の最大の難関は、工事よりも補償をどう切りぬけるかにあり、普通、工事費と大体同じ額の金が補償のためにつかわれているという。

「立退きの説得係だけは、一度やったら二度とやりたくないですな。あれをやらされることを考えると、もうダムをつくる気にはなれんですよ」

と、建設省の課長さんにダムの話をききに行ったら、いきなりそう言って、眉間にシワをよせた。

たしかに、狭い土地に大勢の人間が二千年もまえからくらしている我が国では、一軒の農家を動かすのも、並大抵のことではないだろう。——これはダムのことではなく、九州大牟田の三池で聞かされた話だが、あのあたりでは下に坑道のとおっている畑は、そうでない畑よりも地価がずっと高いという。地下に坑道のある畑はいつカンボツするかもしれず、そのときには鉱山会社から補償金が支払われるので、地価はその可能性をふくんでいるというのである。——つまり、補償は金モウケのチャンスだというのが、我が国の庶民の一般的な考え方であり、一方、補償をする側では出来るだけ値切って安くすませることだけを交渉の目安においているかのごとくである。

建設省の課長さんが、立退きの説得にネを上げるのも、こうした売手と買手のダマシ合いや、カケヒキのわずらわしさが堪らないというのであろう。

その点、水没地帯のほとんどが国有林で占められる矢木沢ダムは、交渉の相手が国家であるからイザコザの起ることもなく、費用もかからず、たいへんラクだった、と聞いていたのだが……。しかし、もし湯の花の山小屋旅館が、孤立しているために立場が弱く、不利な条件を押しつけられても泣き寝入りさせられる他ないというのであれば、これは問題の大小に拘らず無視できないことだろう。

「一河は万河に通ず」というのが治水の根本理念であり、そういう川を整備して「民衆に奉仕する河」に仕立て上げることが利水の目的であるとしたら、一人の民衆の利益を不当に無視することが、万民の幸福を無視することに通じることになり、そのような事業は「民衆に奉仕する」ものとはなり得ないではないか。

補償の実情を知らぬ私がこんなことを言っても、それはただの感傷であるに過ぎないかもしれない。補償のムズカシサも現場で実務にたずさわってみなければわからないというのが本当だろう。ただ私は、補償対策にスジのとおらぬマヤカシのある事業は、事業そのものの見透しなり、発想なりに、どこか重大なマチガイがあるにちがいないと思うだけである。

天気は相変らずグズつき気味だ。上空には紗《しゃ》のような薄い雲が何枚もかかり、それが絶えず動いて、雨が降ったり止んだりするが、晴れ上がる気配は一向にない。

十時ごろ、上流の道案内をたのんだ水公団の人たちがジープで迎えに来てくれたが、やはりこの天候では、とても遡行はムリだろうということで、ロープその他の用具は持って来ていないという。

それでも、ともかくロープなしで行けるところまでは行ってみようということになり、明治時代の探検隊員苦闘のあとをしのびながら、ササだの山ブキだのの生い茂った、谷間の斜面を歩き出した。別に難所というほどのところでもないが、坂路を十分ほども歩くと、情けないことに、もう息切れがしはじめる。濡れてツルツルした坂を下るのは、滑って歩きにくいが、それ以上に、帰りには、またこの坂を上るのかと、その気分的な負担が重荷になる。

雨は次第にはげしくなり、濡れたズボンが太腿に貼りついたようになって、一層歩きにくい。伊藤画伯は、もうサルマタまで雨が滲みて来たとおっしゃる。しかし、そうなるとかえって、何が何でもやらねばならない、と悲痛な気持がわいてきて、ツル草を摑んで、すこしずつ上り勾配になった斜面の途を上って行くと、やがて、先頭の誰かが、さけんだ。

「や、マムシだ」

それを聞くと、私は鳥肌立ち、四方八方、自分を取りまくツル草や木の根の濡れて黒ずんだものが皆、マムシの背中に見えて、もう脚が一歩も前に進まなくなった。

藤原　戦後、強くなったものは女とクツシタだという、これはニセモノ（ナイロン）とホンモノ（絹）の価値がひっくりかえったということだろう。

つまり科学の発達はニセモノ時代を招来した。

戦後、あっちこっちにヤタラにたくさんのダムが出来たのも、このニセモノ・ブームの一つかもしれない。川の水をセキ止めて出来た人工の水溜りが、奥多摩湖とか何とか、天然のみずうみみたいな顔をして、観光地の客寄せになっていることから考えて、そういうことが言えそうに思う。おまけに人造湖は、はじめから役に立つようにつくってある。電気を起したり、水道のモトになったり、洪水を調節したり……。

けれども本当をいうと私は、ダムで出来た溜り水に、みずうみの名を名乗らせるのは好きでない。岸辺に立って眺めても、ウドン粉でつくった人造米を食べさせられている感じがする。矢木沢の下、藤原の上に出来た須田貝ダムの洞元湖《どうげん》というのも、それだ。何も、そんなモッタイらしい名前にしなくても、須田貝池ぐらいで、いいではないか。

もっとも、これにはイワク因縁はあって、洞元という坊さんがこの附近の滝に跳込んで失恋自殺をとげたという昔ばなしが、ちゃんとある。——その洞元の滝は、いまは一〇メートルぐらいの高さしかないが、ダムの出来るまでは三〇メートルほどの断崖になっていて、滝壺に落ちる水シブキが崖上の道までハネ上ってくる勢いだった由。なるほど、いま見ても、そのへんから流れこむ水は、水底に沈んだ滝壺のあたりでウズを巻いているらしく、どんより濁った水面にぶくぶくアブクを浮かべながら、水の中で立ち腐れになった林の間を淀み流れて行くさまは、普通の湖には見られない凄味のあるものだ。これなら名前も洞元の名前をつかうなら、これは「洞元沼」とか「洞元ガ淵」とかの方がいい。そうすれば、この景色はもっとホンモノらしくなる。

石ブームうずまく〝桃源郷〟

ところで、徒歩の水源探索を諦めた私たちは、ヘリコプターのお世話になって、大水上山上の雪渓が利根川になって流れ出す様を空から見下ろしながら、川ぞいに下って来たのだが、この洞元湖からしばらく利根の流れを見失った。元来、須田貝ダムは東電の作った電源用のダムで、その地下に日本最初の地下発電所がある。そこで利根の水はいったん地下を潜って、下流の藤原部落を沈めた藤原湖に注いでいるわけだ。

藤原が、奥州藤原氏の落人部落といわれて一種の桃源郷だったことは前にも述べた。ここには木曽義仲とか平将門とかの伝説はなく、あるのはその以前の安倍、藤原につながるものばかりだ。おそらくアイヌかエゾか、平野を追われたわれわれの先住民族のかくれ棲む一つの拠点だったのだろう。以来、徳川時代三百年間のことも、ほとんど何も記録がないらしい。

わかっているのは、ここが徳川初期、真田幸村の分家で沼田の殿様だった真田信幸の領土だったことぐらいだが、真田はハリツケ茂左衛門の事件で沼田を追われ、あとは幕府の直轄になったりいろいろである。しかし、それは沼田の歴史であって、藤原は沼田の流刑地だったというに過ぎない。洞元の滝を遡った川べりの湯ノ小屋温泉の対岸の段地に「科《とが》人屋敷《にんやしき》」の屋敷跡があり、明治の中期までは流刑者を収容する茅葺の家がたっていたという。

要するに、藤原は昭和六年に上越線に汽車が通り出すまで、〝陸の孤島〟だったのであり、かなり近年まで秘境の状態がつづいた。――藤原ではいまでもヨバイがさかんに行われるとか、落人の子孫の「藤原美人」がいっぱいいるとか、ここへ来るまでにウマそうな話をさんざん聞かされてきたので、湯ノ小屋温泉で出てきた細おもてのキャシャな体つきの女中さんに、

「あなたは藤原のひとか」

と訊いたら、女中はちょっと面食らった顔つきで、あいまいな微妙をうかべながら、

「いいえ、わたしは沼田でございます」

とこたえた。どうやら、いまでもここは沼田の勢力範囲なのだろうか。それとも沼田から、ここまで出稼ぎに来ているというのは、沼田と藤原の地位は最近にいたって逆転したのかもしれない。

何しろ、このあたりはダム・ブーム、観光ブーム、それに石ブームというのまで加わって、旅館も連日、満員になるいきおいだ。

石ブームというのは、ここへ来るまで知らなかったが、このあたりは奥利根中生層と呼ぶ中生代の堆積岩が分布して、黒雲母花崗岩、角閃石斑糲岩《はんれい》、蛇紋岩等々の深成岩類が出ており、その小ムズカしい名前の石のうちの何とかいうのが大変人気があるのだそうだ。

そういえば水上の駅前でひろったタクシーの運転手君は、このへんの新しく開けた道路に差しかかると突然、車を下りて、赤ん坊の頭大の石を二つばかり抱えてもどってきた。

別段、通行の邪魔になるほどの石でもないのにと思っていると、運転手君は、「こいつをね、客待ちをしている間に磨いて、駅前のミヤゲ物屋においておくと、いい値に売れるんですよ」

と言った。気をつけてみると、なるほどハイカーらしいのが途中の道端で石を掘ったり、拾ったりしているのが、ずいぶん眼につく。ピッケルだの、ハンマーだのを手にした人たちが、石を探しながら俯向いてゾロゾロ歩いている恰好は、ちょっとチャップリンの『黄金狂時代』に描かれた一九二〇年代、ゴールド・ラッシュのアラスカもどきである……。こんなに大勢の人間に拾われては、そのナントカ石も、たちまち希少価値を失って相場は下落しそうに思われるが、石に憑かれた人たちは熱心なものだ。

それに、これはブームとも片付けられまいが、山菜を食うことも、また大いに流行している。土地の人の話では、そのへんの山へ出掛けてワラビを採ってかついでくれば、二千円かそこらの金になるという。だから、ダム工事で何万という人手が入用なときでも、せいぜい一日千円程度の日当しか出ない工事現場へは、土地の男は働きに行くわけがない。

しかし何といっても豪勢なのは、藤原ダムの水没に支払われた補償金のブームである。藤原の水没地帯は農地三一三ヘクタール、山林一〇三五ヘクタール、家屋一六九戸、これらに対して四億七千万円が支払われている。藤原の場合、一千万円以上入った家も何戸かあるという。

私は、この金額が多すぎるか、少なすぎるかは知らない。いずれ、それなりに一定の基準から割出されたものであろう。ただ、これを矢木沢ダムに水没する湯の花温泉旅館の補償金、五十万円と較べると、物価の値上りを計算に入れないでも、その差の大きさに驚かずにはいられない。

「貧乏な生活から、ゼイタクな生活に成り上った連中が、あまり感心できない人間になってしまうのは、よくあることだ。

環境がよくなったことで、その人が幸福になるか不幸になるか、自由になるか奴隷に下落するかは、その物質的成功がどのような手段でもたらされたか、また今後それをどのように活用して行くかによって、きまるのである」

これはアメリカのＴＶＡ（テネシー峡谷開発計画）を担当したリリエンソールが、その報告書のなかで述べている言葉だ。

はやくも破産した補償成金

いま奥利根に完成しつつある藤原、須田貝、矢木沢のダムは、このＴＶＡに刺激されたもので、「日本のTVA」なのだそうだ。

日本の「TVA」と、アメリカの本家のそれとを比較することは、国土の広さの違いを考えただけでもムリな話である。しかし、もっと根本的な違いは、日本のTVAにリリエンソールの言葉にあるような、調子の高い精神が欠けていることだろう。

リリエンソールが「貧乏からゼイタクに成り上った連中」といっているのは、じつはテネシー川のダムの水没での補償金を指しているのではない。ただ、これまで電気もなく、荒地の畑をたがやしていた農民が、TVAのおかげで急に電気が引けたり、土地が肥沃になったりして、ラクな生活が出来るようになると、かえってダラクしてしまわないか、と心配しているだけなのである。つまり本場のTVAは、そこまで開発地域の住民のことに気を配っている。補償でボロモウケをさせれば、この連中が将来どうなるかなどということは、ここでは全く論外なのだ。

カンタンに言って、アメリカのTVAは、開発が遅れて貧乏な暮らしを送っているテネシー州の住民の生活程度を引上げるためにつくられたものだ。テネシーや、その周辺の南部諸州は、アメリカ合衆国のなかでの後進地域だが、そういった貧乏州の貧乏人の生活を引上げることが、アメリカ全体の幸福と利益につながっているというのが、本場のTVAの根本的な考え方である。

日本の場合はどうだろう？

奥利根開発計画で、たしかに藤原部落は〝桃源郷〟に花が咲いたような活況を呈しはじめている。補償の金で、お百姓のなかに千万長者が現れたり、観光事業の実業家になる人が出て来たりするのは、別に悪いことではない。ただ、出来たばかりの藤原湖の岸辺に、青ペンキ赤ペンキ、色とりどりに塗上げた旅館だの、ミヤゲ物屋だの、さながら熱海の海岸や、芦ノ湖のまわりを縮小したようにゴチャゴチャと、折重なって建並んだところは、何ともナサケない眺めだ。

それはまるで――こういっては失礼かもしれないが――、インディアンたちが、白人に土地を売った金で買いあつめたガラス玉だの、ナマリの勲章だのを、ありったけ体に着けてよろこんでいるみたいな感じがする。

その物質的成功で、果してその人たちが幸福になれるか、なれないか？

土地の人の話では、補償成金の事業家たちの何人かは、はやくもすでに破産してしまったという。

沼田　1

松永安左エ門翁は、ことし（昭和四十年）九十歳、〝電力の鬼〟と呼ばれているが、目下は電力よりも〝水資源の鬼〟に転向しているようだ。

この人が何でオニよばわりをされるのかは知らない。耳も遠く、歯もぬけて、真夏に両脚を毛布に包み、安楽椅子に腰掛けているところは、オニどころか一本の痩せた枯木がソファに倒れかかっているみたいな感じである。しかし、この人がそうやって産業計画会議の委員長の椅子に坐っているのと、いないのとでは大変な違いがあるらしい。ただの枯木でも、ただの老人でもないのである。

私が松永翁と対談したのは、せいぜい四十分ぐらいで、別にどうといって耳新しいことを聞かされたわけでもないのに、その印象はとにかく強烈だった。枯木のような身体に、ひどく若々しい熱情が感じられ、気力も頭脳の回転も、まったくおとろえが見られないのは、それだけでもオニと呼ばれる資格があるのかもしれない。

下流農民の水はうばわない

ところで、産業計画会議とは、どういうものか？　これは説明をひと通りきいていただけでは、私にもよくわからない。要するに政府に対して、民間から国民経済や産業についての見透しやら企画やらの意見をのべる機関らしいが、一体どれだけの権限なり実行力なりをもって、そういうことをやっているのか、そのへんのところは皆目わからない。責任のない連中が大勢寄り集まって、勝手なホラを吹きあっているところだといえば、そうかもしれない。しかし、このホラは現実を無視した架空のホラではないし、むしろ何とか実現させたい、実現してくれなくてはこまるという気のするようなホラである。

たとえば「東京湾二億坪埋立て」というのがある。東京湾を埋立てて「夢の島」のようなハエだらけのゴミ棄て場をつくるのは、いまの政治の現実であろうが、これを運河と森林公園と工場地帯と宅地とに分けられた「新東京」につくりかえるプランを立てるのが、産業計画会議の仕事である。……自分たちの住んでいる場所が十五年後に、一倍半もふえる、そこには交通難も住宅難もなく、子供や大人の遊び場の空地もタップリあるというのだから、考えただけでも愉しくなる。

無論、この埋立ての「新東京」には、いろいろの困難やら不安やらが予想される。たとえば地震のときに建物がひっくりかえったり、土地がカン没してしまったりしないかということ、それに二億坪もの土地に水をどこからひっぱってくるかということ……。とくに水の問題は、埋立てをやろうと、やるまいと、東京が現在のまま自然に人口がふえてゆくのを放っておくと、絶対に不足することが明らかなだけに、これは何とかしなくてはならない。

かくて「利根川の水を東京へ」という計画は、東京湾埋立てのプランと同時にすすめられた。利根川の水は一年間に一一〇億トンばかり流れているが、利用されるのはその一四%で、残りの八六%、一〇〇億トン近くの水はムダに海に棄てられている。この水を途中でダムでせき止めて、東京へもって来れば、たとえ東京湾を埋立てて、現在の二倍以上の面積に拡がろうが、水の苦労はいらなくなるという計算である。

しかし、この利根川からの引き水にも、各方面から、さまざまの横ヤリが出た。朝日新聞の「天声人語」も、計画が発表されるとただちに、

「東京本位にはよかろうが、下流の農漁民にとっては死活の問題にならぬとも限らぬ」

とクギを刺した。利根川の水を東京がイキナリ横取りするとあっては、たしかにこれは

下流の農漁民にとって死活の問題であろう。そうでなくとも、農村と都市とは利害の面でも感情の上でも、いろいろの対立があるうえに、長年、水田をつくって暮らしてきた農民を相手に〝水争い〟を引起すとあっては、それだけでも利根の引き水計画はオジャンである。

しかし「天声人語」氏の危惧は、すこし早合点にすぎたかもしれない。産業計画会議では、つぎのような回答を出した。

「利根川計画は、下流の農民の水をうばうものではない。降水量は一年を通じて平均的なものではない。われわれは、無駄に棄てられている洪水の水や豊水時の余っている水を溜めて利用しようというのである。無駄を省き、さらに禍を転じて福としようというのである。下流の農民に迷惑をかけるどころか、必要な水は豊富に供給しようというのである」

もともとダムは下流の水量を調節して流すことが目的の一つだから、ダムが出来て下流の農民の使う水を吸上げてしまうということはあり得ない。農村に水がウンと必要なのは田植えの時期だから、それ以外の時に流れる水は上流のダムに貯めておき、それを都市の水道に使うぶんには、農民には迷惑はかかりっこない。むしろ上流のダムが大きければ大きいほど、水の調節は自由になり、効果も上るわけである。ただ問題は、そんな大きなダムを、どこにつくるか、ダムで立退かされる人たちをどうするか、である。

ダムを人家の少ない山奥につくれば、立退きのゴタゴタは避けられる。しかし、あんまり山奥の上流のダムでは、水がほとんど溜らず役に立たないことは東京の小河内ダムの例でもわかる通りだ。

利根川の源流ちかくには矢木沢、藤原といったダムが出来ていることは、前に述べた通りだが、その他にも薗原《そのはら》（片品《かたしな》川）、八場《やつば》（吾妻《あがつま》川）、相俣《あいまた》（赤谷川）、下久保（神流《かんな》川）等、利根川支流にダムが出来たり、出来かかったりしている。けれども、これは皆、山奥の上流のダムであり、東京の水不足に役立ちそうなのは下久保ぐらいで、他のは地元の農地のかんがいに使われるのが大部分である。利根川の水を東京の水道に利用しようとすれば、どうしてももう少し下流の、水のタップリ溜るところにダムをつくらなくてはならない。

産業計画会議が目をつけたのは沼田である。沼田は元来、天然の湖水であって、それが地震か何かで破壊され、水が下流の関東平野に流れ去って、いまみるような盆地がひらけた、と『沼田根元記』、『沼田古語録』等には書かれている由。いまでも、市の南の綾戸《あやど》峡というあたりは東西に壁のような山が迫って、ここで利根川を閉め切ると、恰好のダムが出来そうなことはシロウト目にも分る。産業計画会議では、そこに一二五メートルほどの高さのダムを築き、箱根芦ノ湖の四倍ほどの池をつくって、八億トンの水を貯めようというのである。

これだと冬でも毎秒七〇トン、夏の一番水のいる時に一一〇トンの水が取れるから、東京と港湾工業地帯で必要な毎秒四五トンの需要を十分まかなうことが出来るわけだ。ただし、そのためには二千二百戸の人家と、一二〇〇ヘクタールの田畑を水没させなくてはならない。人口にして約一万人近くが立退くことになる。

松永翁の「観光沼田」の構想

東京都民一千万の水を確保するためには、一万人ぐらいの人間の移動は止むを得ない、という見方は成り立つだろう。

しかし東京で本当に足りないのは、都民が飲んだりフロに入ったりするための水ではなくて、工業用水である。昨年（昭和三十九年）の夏、都民の大半がひどい給水制限をうけて、文字通り夜もオチオチ眠れなかったころも、ビール会社は多量の水を平常通りに使って、ちゃんとビールをつくっていた。病院で水道が止って手術ができなくなっていたときにも、ビール工場ではビールが出来ていたし、赤ん坊がアセモだらけになっているときにも、ビール工場のオートメーションのビール瓶洗い機は、せっせと水を流してビール瓶を洗いつづけていた。

同じ筆法でいえば、沼田の水没地帯の市民一万人は、ビールや新聞紙や鉄をつくるために立退かなければならないというわけだ。東京でビールや紙や鉄をつくった利益が、そのまま沼田の人たちの利益につながっているというのなら、それでもいい。しかし、あながちそうでもないとすると、これは問題だ。

私は、五年ほど前、アメリカのテネシー州で半年ばかり暮らしたとき、よく地元の人たちから、

「ここの住み心地は、どうかネ」

と訊かれた。じつをいうと、そこは人種問題があって、われわれ黄色人種にはあまり結構な住み心地の土地ではなかったので、正直にそのことを言うと、彼らはきまって、

「では、ここの電気代はどう思うネ」

と、かさねて訊いてきた。これには、大変よろしいです、とこたえざるを得なかった。つまりベラ棒に安いのである。私が借りたアパートは二部屋で、家族は女房だけだったが、台所のレンジも電熱式で、全部一度にスイッチを入れると台所だけで一〇キロちかくの電力を食う。それでいて一ヵ月の電気代は四ドル程度にすぎない。それも二十日以内に収めると二割引になるので、実際に払うのは三ドル少々である。これは日本円に直して千円あまりという計算になるが、アメリカの一ドルは物価の感覚からいえば百円見当であるから、

感覚的には一ヵ月の電気代三百円といったところだ。もし同じぐらいの電気を東京でつかったら、軽く三千円はとられるだろう。

アメリカなら、どこでも電気代がこんなに安いかというと、そうはゆかない。たとえばニューヨークで同じだけ電気をつかえば五ドル以上はかかるであろう。では、なぜテネシーの電気代がそんなに安いのか？　TVAのおかげなのである。

TVAは地元の利益にもとづいて開発され、その一端が電気代にもあらわれているというわけだ――。〝日本のTVA〟は、その点どうなっているか？　このことを松永翁にうかがってみた。

「沼田ダムが出来ると、沼田の電気代は安くなりますか」

「そりゃキミ、電気は安くはならんよ。日本は水力電気の時代じゃなくなったんだから……。そのかわり沼田は観光だよ、観光でウンともうかるようになるよ」

松永翁は一瞬、青年のように顔を紅潮させて叫んだ。……しかし私は観光ときくと、藤原ダムの青ペンキ、赤ペンキの旅館群を想い出して、がっかりせざるを得なかった。

沼田　2

真っ赤な大きな天狗のお面を、この町の人たちは自慢にしているらしい。たしか駅のプラットホームにも、これが掛かっていたし、市のパンフレットの表紙もそうである。そして観光協会では縦三メートル、横二メートル、鼻の高さ一メートル三七、重量一トンにおよぶ大天狗の面を作製した。——そのナンセンスの思いつきには、私もちょっとド胆をぬかれた。

そうでもなくとも、盆地というのは甲府にしろ、京都にしろ、外から入ってしばらくは、何となくエタイの知れない不可思議な、取りつきにくいような静けさを感じさせられるのだが、そんな町でイキナリ、この真っ赤な、途方もなく大きい〝男性〟の象徴にぶっつかるのだから、一瞬ギョッとならざるを得ないのである。

沼田ダムは地元民にはユメ

けれども、この馬鹿デカい天狗の面が、じつは観光の客寄せのためだと聞かされると、シラけた気持におそわれて、頭をかしげたくなる。——一体どこの物好きが、こんなものを見るために、わざわざこの山奥の町を訪れるだろうか？

そればかりでなく、この人口四万二千の市に、一億三千万円の予算で「沼田城」なるものをたてようと計画している。——一億三千万円は沼田市一年間の市民税と大体同額で、この町にとっては決してナマやさしい金額ではない。けれども、ちょっとした映画スターや株成金なら、結構、一億円ぐらいの家に住んでいるし、それほど珍しいものでもない。個人の住居としてなら、それは豪華なゼイタクなものも出来るだろうが、お城となると一億円では、せいぜい撮影所のセット程度のものしかつくれまい。とても参観料をとって見せられるようなシロモノでないことは、シロウトが考えても明らかである。

しかし、市長さんをはじめ、この町の人たちは、そういう模型のお城やら、天狗の面やらで、ここに一大観光ブームを起そうと、真剣になっている模様だ。ちょうど東京オリンピックで、日本全国の旅館や飲食店のおやじさんたちが、「世界中の客が自分の店へ集まってくる」と色めき立ったときのように……。

一体この町の人たちは、なぜそんなに観光観光と騒ぐのか？　沼田市にはこれという産業もなく、人口も終戦直後のころとあまり変らず、かえって中心の沼田地区を除いた他の全地区では年々確実に減少して、今後、発展の見込みは殆どない。そこへ現れたのが産業計画会議の沼田ダムである。

「貯水池の面積は二七平方キロ、箱根芦ノ湖の四倍の大きさである。沼田は東京から一四五キロ、ここに風光のいい大きな湖水ができれば、附近の温泉群とともに山あり水あり温泉ありの大観光地となる」

と計画会議のパンフレットは謳い上げている。沼田の観光ブームは、これに刺激されているのだろうか。

私は沼田ダムの計画そのものには賛成だ。しかし貯水池のおかげで、沼田市が大観光地として発展して行けるかどうかは、すこぶる疑問である。……もし沼田が観光地として発展できるものなら、いままでにもう観光地になっていていいはずではないか。

市の中心近くを縦に利根川の流れている沼田の眺めは、台地の道傍から見下ろすと、現在のままでも十分美しいし、川が人造湖になってみたところで、この景色の美しさが増すとは限らない。かえって人造湖は出来上ってしばらくは水も汚いし、まわりの風景も落着かないから、今よりは悪くなることも考えられる。そのうえ映画のセットもどきの「沼田城」だの、茶店だの、オミヤゲ屋だのがニョキニョキ建った日には、もはや眼も当てられぬ様となるだろう。

私は、松永安左ェ門翁の意欲や見透しのよさに敬服するし、沼田ダムもぜひ翁の存命中に開発の目鼻ぐらいはつけてもらいたいものだと思っている。しかしダムの出来ることで沼田の町や住民がどうなるかは、東京の水道や日本の水資源の問題に劣らず重要である。

沼田を観光地にすることも、かならずしも悪くはないだろう。けれども天狗さまや模造の城で客寄せするような観光なら、やらない方がいい。そんな観光は産業計画会議が模範にしているＴＶＡの精神に反することだし、日本のためにも沼田のためにも決して良くはないからである。

沼田をミミッチイ観光旅館町にしないために産業計画会議ではアメリカから、その方面の権威者を呼んで実地踏査をさせたりもしたという。しかし沼田をアメリカ並みといわず、本当の意味での観光地にするつもりなら、アメリカ人の専門家に相談するより、まず観光業者の意識を教育しなおすことから、はじめるべきではないか。

それにしても不可解なのは、沼田の町の人たちがダムのことを、どう考えているかである。

昭和三十四年にダム計画が発表されたときは、沼田の市議会は絶対反対をとなえ、市長の高橋氏は、いまでもその態度を変えていないという。しかし、その高橋氏は天狗だのお城だのをつくって、観光には大わらわなのである。沼田の観光事業はダム計画がなければ成立たないことは明らかで、そうなるとこの市長が何でダムに絶対反対なのかは、わからなくなる。一方、商工会議所の人たちはダムに賛成だというのだから、ますますわからない。それで一般の人たちに行き当りバッタリの意見を訊いてみると、一瞬キツネにつままれたような顔つきになり、

「ユメみたいな話だね」

という。そして、

「ついこの間、国道も舗装したばっかりなのに、あれもみんな水の底に沈めちまうつもりかネ」

と訊きかえしてくる。国道ばかりでなく、国鉄の上越線も沼田駅をはじめ一六キロばかりが水に沈むことになるから、これがどこかへ付けかえになることを考えただけでも、地もとの人たちにはユメみたいな話に聞えるのだろう。

ところで、こんどアメリカの食料品会社〝デルモンテ〟が、沼田へ進出して、トマト・ジュースだかケチャップだかの大製造工場を作ってしまった。それはいいとして、その建

物がダムの水没予定地に出来てしまい、こんどはこちらがキツネに化かされた気持になった。

これまでダムの計画が出来ると、早耳の連中は水没の予定地にトリ小舎のような家を大急ぎでつくって補償の金をせしめたそうだが、まさか、アメリカのカン詰会社までが、同じ手口を狙ってやって来たというわけでもないだろう。

こうなると、たしかに沼田ダムの計画は私にもユメかマボロシのようなものにもおもえてくる。

いったい政府には沼田にダムをつくる気があるのか、ないのか？　——これには政府はいつも、「具体的な計画は何もない」とこたえている。ことし（昭和四十年）二月、衆議院での質問にも、建設大臣と河川局長が沼田ダムの計画を否定して、河川局長は大臣の指示で、

「沼田ダムにかわる他の方法を研究中」

とこたえたそうだ。

東京の水不足対応策は多難

役人の言葉はベンリに出来ていて、「研究中」というのはノー・コメントと同義語らしい。つまり具体的には、これといった方策の持合せが何もないということなのだろうか？

そうだとすると、これは東京都民にとって、何とも心細いことになる。

ことし（昭和四十年）は運よく多量の雨が降り、小河内ダムにも水が溜って、大掛かりな断水はなかったが、これは例外である。この数年間、東京の水道は満足に水道の用をたしてくれたためしがない。五年さき、十年さきには、水不足はもっと深刻になるというのに、その対策が何もないとしたら、われわれは自動車を買うことを考えるかわりに、ラクダでも飼って、ふだんはそれに乗って歩き、いざとなったらコブから水を取って飲む工夫でもしなければならなくなる。そんな砂漠の東京で、どうやって暮らして行けばいいのか？

まずめいめいが水の節約をしなければならないのは当然だが、これは口で言うほどカンタンなことではない。前にも述べたように、あらゆる都市の水道のうち、家庭で消費される水は、おおざっぱにいってせいぜい全体の五〇％にすぎない。残りの五〇％は、工場、病院、大学の研究室などでつかわれる。こういう大口需要者が水を節約しないかぎり、私たちが家庭でどんなに水を倹約してみたところで、その効果はタカが知れているのである。しかし、そうかといって、たとえば製紙工場で水の使用を制限した結果、新聞用紙がつくれなくなり、全国で出ている新聞がいまの半分ぐらいになるとしたら、どうなるだろう。無論、水道を止められると工場がうごかなくなるのは製紙工場だけではない。ほとんどの産業はツブれてしまうし、そうなるといくら水ばかりがフンダンに飲めたり使えたりしたところで、人間は水だけでは生きられないのだから、結局は自分たちの飲む水を節約してでも工場だの病院だので使う水を確保しなければならなくなる。

よく地方に住む人たちは、

「東京の水不足は、東京に人口が集中しすぎるためだ。だから東京の水道に、これ以上水を送らないようにすれば、水に困って暮らせなくなった人間は地方へ散らばって行くから、自然に東京の過密人口を解消出来て一石二鳥である」

というようなことを言うが、これは都市の水不足を水田の水争いの問題とカン違いしているようである。わが国で本当に不足しているのは産業用、工業用の水なので、これは都会と地方とを問わない。つまり東京と、その周辺の工場を地方に移動させれば、またそこが水不足になるだけの話である。

勿論、東京の水不足の対応策には、沼田ダムの他にも、いくつかの方法が考えられる。同じ利根川の水でも、上流から取らずに河口で流れこむ水を貯めてつかうとか、海面を仕切って川から流れて来た水の塩分をぬいてつかうとか、さらに海水そのものを真水にかえるとか、また人工雨をふらせるとか、そういった技術は外国では使われている例もあり、日本だってやってやれないものではないらしい。ただ、それらの方法は技術的には可能であっても、実際にやるとなるといろいろの困難があって、いまのところラクダを連れ歩くのと同様、架空のものに等しい。

となると、沼田でなくとも、どこかに大きな水ガメをつくる必要が、どうしてもあり、それもバクゼンと研究している段階ではなく、切実に要求されていることは明らかである。

思うに、役人の「研究中」という言葉は、沼田以外のどこかの候補地をさがしているということでないとすれば、沼田の水没の補償をどう安く切りぬけるか、ということなのではなかろうか。

さもないと、はじめから沼田ときめてしまって、他には候補地がないことを公表することになり、そうなるとウンと高い補償を吹掛けられても買わざるを得なくなる。そのために、思案投げくび、研究中のフリをしているのだとしたら、ダムをつくるのは、まるで観光地でミヤゲモノを買うのと同じ要領のようではないか。

利根川が利根川らしくなってくるのは、川が前橋にさしかかってくるあたりからだと言っていい。つまり川を人間にたとえて、矢木沢、藤原あたりの利根川を赤ん坊、ないしは胎児の川だとすると、沼田のあたりは幼年期で、ここから下流に向かうと地形は山から平野に変って行き、流れもだんだんゆるやかになって、何となく川が大人びてくる。そして前橋の少し手前にかかっている坂東橋の鉄橋をくぐるころから川は完全に成長して、ちょうど高校を出たての若いBGみたいな感じになる——。

ところで私たちが「利根川」と漠然と呼んでみて、ぱっと最初に浮かぶイメージは何だろう？

そよぐ葦、渡し場、河原の枯れススキ、そして入道雲の下をまるで沼が移動しているように流れる広い川幅……。要するに、それは無造作で、粗けずりで、平凡だけれども、日本の島国的風景とはおもえぬボウバクとした眺めである。

日本の地勢は治水には不利

私は少年のころ『家なき子』を読みながら、大きな船が運河を両岸の土堤を走る馬に引っぱられて上って行く描写に、異様な興奮を感じたおぼえがある。色刷りのサシエによれば、馬は白くて、こんもりした森を背景にパカパカとのんびり駈けており、広い平らな船の甲板から主人公の少年が、それを眺めている。私は、その少年がうらやましくてたまらなかった。馬はまるで水の上を走っているようだし、汽船みたいな大きな船が草原のなかを進んでいる、そんなところへ一度でいいから、行ってみたかった。

（人間が陸地を、好きなところだけ海に変えて、自由自在に動きまわっている！）

これは童話の夢の世界の出来事だろうか、それとも西洋の国ではこれが本当のことなのだろうか。私は同じものを自分の住んでいるそばで見るのはムリだと知りながら、どこかそれを期待していた。

ことによると、そういう期待は、もっと小さいころ小岩か市川に住んでいたじぶんに、大水が出て近所の子供たちと、川になった道路をジャブジャブ渡って遊んだ想い出につながるのだろうか。あのころは江戸川の土堤がまだシッカリしていなかったのか、しょっちゅう水が出て、そのたびに大人は大変だったろうが、まわりじゅう水に浮かんだようになるのは子供には遊園地へ行ったよりも面白かった。

もっとも、大水のときの水は黄土色に濁っていて、魚をすくう網を持って遊ぶ子供たちは「ストトン節」を歌っていたし、『家なき子』の少年は、ハープをかついだお爺さんのあとを、犬と一緒にくっついて歩く話だから、だいぶ違う。というより土堤がくずれて水びたしになることと、運河を船で通ることとは、自然と人間の力関係が逆になった違いである。

しかし、利根川が、その大小無数の支流や運河をふくめて、関東平野一帯の交通網になっていたことはたしかだし、その意味で利根川はヨーロッパの川に似ていないことはない。無論、舟運が時代とともに馬車や鉄道にとってかわられたことは、ヨーロッパでも日本でも同じである――。ただ道路でも、ローマ時代の軍用道路がそのまま残っているヨーロッパには、運河も中世紀以来のものがいたるところにあって、各国の都市から都市へ、いまも悠々と流れており、その水が古い石畳のトンネルの中に吸いこまれて行くのを眺めていると、まるで運河がいくつものトンネルをくぐって歴史そのものを運んでいるように思えてくる。それに較べて、わが利根川の舟運用水路のあとは、まことに無残ともミジメとも言いようがない。

たとえば東京のお茶の水の橋の下を流れる神田川は、石神井から引いた水を隅田川へのばして、なかなか重要な運河だったというが、あれがメタンガスだらけのゴミ棄て場のようになっているのは、まだいい方だ。地方へ行って、昔の船着場だの運河の跡だのを見物しても、そこに流れているのはもはや川でも溝でも何でもない。腐った泥でコネまわされたオワイ臭い湿地にすぎない。この違いは、たしかにヨーロッパと日本の歴史の違い、文化の違いを感じさせる。

これは必ずしも西洋と日本の文明度の違いというわけではないだろう。ただ片方が石と鉄で築かれた文化なのに、片方は木と泥をつかったものだから、せっかく同じチエをはたらかせて作ったものでも、永保ちしなかったというわけだろう。つまり使う材質の違いが、われわれと西洋人の文化を変え、人間も変えたにちがいない。

運河の構築から、川そのものの治水、利水になると、われわれの祖先は地勢や地形の点でもヨーロッパにくらべてハンディキャップを負っていたことがわかる。平坦な土地をユルユルと流れるヨーロッパの川にくらべて、山地から急流になって海にそそぐ日本の川は、流れを一定にしたり、水量を調節したりすることが、てんで問題にならぬほどムツカシい。

ここからは無軌道に流れる

明治の初年に西洋の技術導入がはじまって以来、あらゆるものを急ピッチで吸収し消化してしまったのに、河川の土木工事だけは洋式のやり方はマズかったらしい。最初にやってきたのはオランダ人の技師だが、利根川やら富士川やら、あちこちに失敗のあとを残しただけで帰ってしまった。

国土の半分ぐらいが海面より低い土地になっているオランダ人は、治水工事は得意のはずだが、いくら河床を掘下げても、掘ったあとから、すぐに山の砂やら泥やらが流れ下りて来て埋まってしまう日本の川には、彼等の技術はお手上げで、さながらベトコンと戦うアメリカ兵のごとき悪戦苦闘をくりかえしたあげく、引きあげざるを得なかったらしい。

これに代って、フランスで土木工学をまなんだ東大初代の工科大学（工学部）長の古市公威博士が、フランスの工法で利根川の治水をはじめたが、途中で朝鮮へ鉄道をつくりに出掛けて、そちらの方が忙しく、川の方はそれなりになった。オランダとちがってフランスにはアルプスの山もあるから、フランス式の河川工法なら日本にもアテはまるところがあり、もしこれを徹底的に取入れていたら、いまごろ利根川や隅田川は、ロアール川やセーヌ川みたいな立派な川になって流れていたかもしれない、と言う人もいる。

しかし、それもそう簡単にウマく行ったか、どうか。どっちにしても大きな川の工事は、その国の体質を変えるようなものだから、外国の技術導入はムツカシい。

ところで、前橋まで流れ下りてようやく大人っぽくなってきた利根川だが、このへんから突然、まったく無軌道に流れはじめる。

上州女の気の荒さは、最近でも電話の交換嬢が中年男の局長をシゴいたりして有名だが、利根川もまたこのへんでヒステリー女のように何度も暴れまわるのである。ちょうど滝が滝壺で水勢を増すように、山から下りてきた川もこのへんで平野にぶっつかると勢いがついて、どっちへ曲るか方角に迷うのだろう。

前橋市の北端にある敷島公園というのは、西に利根川、東に広瀬川の流れる川中島みたいな位置にあって、遊び場としては野球場があるほか、とりたてて何の設備もないようなものだが、天気の好い日の見晴しはステキによく、へんな人工が加わっていないだけにカラッとして気分がいい。けれども、いったん暴風雨にでもなったら、この公園は、まるでシケの海に乗り出す船のヘサキのように荒れるだろう。

公園の東側を流れる広瀬川は古利根川という別名のとおり、昔はこれが利根の本流で、もっと北へ寄った前橋市の東北を横切って流れていた。それがいまのような流れに変ったのは、天文八年（一五三九）か十二年ごろのことだということが、上毛伝説雑記、長尾家伝等の古文書から推察されている。

両書とも、長尾の家城（前橋城）を用水の不足で蒼海（現群馬県庁の対岸）から石倉にうつし、太田道灌の設計施工によって水を利根川から引入れたところ、享禄（一五三〇年前後）、天文の洪水で用水口から利根川が流れこみ、三の廓だけを残して流れ去ったということを述べている。……どんな城かは知らないが、とにかく石垣で固めた天守閣その他、城の大半を押流したというのだから、よほど物凄い洪水だったのだろう。現在の利根川は、この石倉の城の用水路を流れているようだ。

前橋から、すこし下って烏川との合流点に近い旧島村（現佐波郡境町）のあたりでは、川の氾濫や変流はもっと頻繁である。島村記録によれば、寛永年間から明治十六年までの三百年に利根川はこのあたりだけで十一回も流れを変えており、そのたびに村は川でズタズタに引き裂かれた模様だ。

利根川だけではなく、烏川もこの附近では流れが変るし、その他、小さな川や用水やらもしょっちゅう、氾濫をくりかえして、よくこんなところに人間が住みついていられたものだと思うくらいだ。

烏川は、利根川の上流とどっちが本流かわからないほど大きな流れだし、この二つの川がぶっつかっただけでも治水工事の難しさは想像できるが、おまけに両方の川の河床がしばしば高くなったり低くなったりするのだから、いよいよもって難事業である。

この二つの川の合流点である八町河原から、下流の広瀬川との合流点平塚までを「烏《からす》利根《とね》」という。

最もしばしば氾濫するこの区間の水量を減らすために、利根川を烏川との合流点のすこし上から別の水路で流し、これを「七分川」と呼んで、烏利根には「三分」だけの水を流す工事もおこなわれたが、かなりいい加減な工事だったとみえて、計画通りに「七分川」に七分目の水は流れてくれず、天明三年（一七八三）には、浅間山の噴火のあとに洪水が起り、せっかく作った七分川は埋まってしまい、利根川の流れもモトのモクアミにかえって、烏利根を流れた。

沼之上・尾島　1

関東地方の田舎をまわってみると、史蹟とか遺蹟とかいったものが何もないのに驚かされる。関東には徳川家康から数えても四百年の歴史があるはずだが、まるでノアの洪水がついこの間ありましたとでも言いたいほどに、何にも残っていない。

五科の関所跡は敷石ひとつ

沼之上というのは、前章に述べた七分川、三分川の分岐点で、関所の跡があるというので、車を止めて探してみたが、ここもホコリをかぶった背の低い家が軒を並べているばかりで、それらしいものはサッパリ見当らぬ。河原まで出てみたが、二百年前に埋まってしまった七分川の趾などは、勿論まったくない。ブラジャーとパンツに分れたビキニ的水着をきた子供が、石コロだらけの水溜りでバシャバシャ、濁り水をはねとばしながら遊んでいるだけだ。

ノドがかわいたので河原のすぐそばの酒屋の店先でジュースとサイダーを買ったら、ゴーガンのタヒチの女みたいに日焼けしたたくましい体つきのおかみさんが、

「関所なら、ここがそうですよ。よく写真をうつしに人が来ます」

と、店の横の路地を指さして教えてくれた。しかし、そう言われたって、とんと見当もつかない。そこは幅四メートルほどの単なる横丁なのだ。

「それそれ、そこの石が、関所の門のあったところですよ」

と、積上げられたビール箱の下の地面を指さされて、やっとわかった。なるほどビール箱に半分隠れて、直径五〇センチぐらいの平べったい敷石が、地べたに埋まって残っている。これでは普通の地べたと見わけが、ほとんどつかないから、いくら探したってわかりっこないわけだ。プロのカメラマンが写真をうつすにしても、よほど技巧をこらさないと単なる石コロにしか見えないだろう。

首斬り場の井戸というのが、酒屋のとなりの床屋の裏庭に残っているときいて、便所の汲取口すれすれの路地奥へ、近所の子供に案内されたが、トタン板をかぶった石囲いの井戸がどうやらそうらしい。

要するに、たったそれだけである。幕府がここに「五科の番所」と称する関所を置いたのは、ここが船着場で、交通の要路でもあったからだろうが、それらしいものはキレイさっぱり何にもない。

このあたりから下流は、川の流れも変って、そのたびにメチャメチャにされたところだから、さだめしここも洪水が年中行事のようにやってきて、何も彼も流されてしまったのかと思ったが、酒屋のおかみさんに訊くと、

「ここは高台なので、このへん一帯が全部水のつくときでも、ここだけは大丈夫なんです。キティー台風のときも、すぐそばまでは軒まで水につかったのに、ここは何ともありませんでした」

と誇らしげに言った。

しかし、くりかえして言えば、利根川の他に、広瀬川、烏川、その支流の神流川、小山川、等々の流れがぶつかっているこのへんでは、川の流路は変幻きわまりなく、その変遷の記録を読むだけでもウンザリさせられるくらいだ。

記録にあるのは徳川期以降だけだが、それ以前に大きな水害がなかったとすれば、このへんにはどうやら河童のような水陸両棲動物しか住めなかったのであろうか。

寛保洪水の記録をのこす寺

利根川洪水のうち大きなものだけをあげても、寛永元年（一六二四）、宝永元年（一七〇四）、享保十三年（一七二八）、寛保二年（一七四二）、宝暦七年（一七五七）、天明三年（一七八三）、同六年、弘化三年（一八四六）等で、ほとんどそのたびごとに、このへんの川は流路が変ってしまう。島村とならんで尾島というあたりも、川がどこを流れているのかわからないといった乱流の土地らしい。

その尾島の青蓮寺という寺の坊さんが、寛保二年の洪水記録をのこしている。これは利根川洪水のうちでも、天明六年のものとともに最も有名なものだというが、利根川と荒川がいっぺんに氾濫し、神奈川県、千葉県をのぞいて、関東一円が水びたしになったらしい。

「烏、神流川、利根、荒川一ツニ成ツテ流レシカバ、山里ノ隔テモナク、水長七八尺ヨリ二丈余マデ増シ重ナリ、見渡ストコロ一遍ニシテ、サナガラ潮ノ湧クガゴトシ」

とある。

この坊さんの住んでいた青蓮寺も無論、水につかる。旧暦八月一日、夜、十時ごろ、島村の河岸がやぶれ、たちまち境内は七、八尺の深さで水に沈み、庫裏の座敷で一尺五寸、

土蔵で三尺、土間で五尺あまりも浸水する。このために、

「味噌醤油ノ桶、樽、ソノ他ノ諸道具フラフラト浮キ流レテ止メ難ク、米、麦、等ノ俵物ハ大体水腐イタシ候。本堂ハ縁下ヤウヤク一寸アキ、浪打ツトキハヒタヒタト縁ノ板ヘ打チツケテ、スデニ危キ消息」

となる。この水は翌八月二日の未明から九月下旬まで引かなかったらしく、その間、坊さんは本堂に住んで、炊事も本堂に火鉢を並べてやったから、たいへん不自由であった。とくに飲料水が四日の朝まで全然なく、寝所の手洗水が桶に半分あったのを、唐物よりも大切にして、渇をしのいだのは、一番苦しかったとある。

しばらく、その洪水の模様を記録について見よう――。

青蓮寺の前通りは、一面に水が白浪をたてながら流れ、そこを人間も馬も死体といっしょに押流されて行くのが、本堂の中にいても眺められた。

人や馬ばかりでなく、長持、つづら、風呂桶、酒樽などが、次から次へ、寺の塀の前を流れて行く……。この坊さんは物欲も旺盛であったらしく、流れてくるものを、何とか拾い上げたいのだが舟がないので、どうにもならない、と嘆いてみせる。そして、八幡宮の拝殿では掛硯二つ、風呂桶一つ拾った人がいる、とうらやましがって、「損スル世ノ中ニ、徳ツキタルモコレアリ候」と、感に打たれたように述べている。

隣村の観音寺という密教の寺は、坊さんが高野山へ修学に行って留守であったが、八月二日の昼ごろに礎《いしずえ》もろとも一切合財、あとかたなしに流されてしまった。この村は青蓮寺の村よりも洪水量が深いのか、家も田畑も押流されたさまは悲惨のきわみであった。……しかし、それでも、たまたま流失をまぬがれた屋敷には、よそから家や材木などが山のように流れついてきて、後日、その材木を売って大モウケした者もあるし、また屋敷のうらの竹ヤブから皮財布を掘出して、三百両も拾得し、「一生ニナキ、シアハセ」と大よろこびしている人もいる、などとまたもやこの坊さんを羨望させてもいる。

しかし、洪水でモウケた人の例を、こんなふうに取上げているのは、それが珍しい話だからであろう。この坊さんは自分の周囲から手をひろげて、江戸表のことまで、その見聞を語っているが、全般的には、一家全員、老人から嫁の背中にくくりつけられたままの赤ん坊まで、泥水に呑まれて死んだ百姓や、かろうじて命だけは助かったが全財産を失って気の狂った質屋の主人や、一部落百五十人が避難した寺で火事が起り、水と火にせめたてられて全員死亡することなど、凄惨な話がナマナマしい筆致で描写されている。

数字はあまりアテに出来ないとしても、大被害をうけた町として、埼玉の栗橋の例を上げ、「家数、五百軒余リアリケル町ニテ、ヤウヤク流レノコリシハ六十軒ホド」であるとか、同じ町で人間はあまり死ななかったが「馬八百匹バカリ水死セリ」などと述べているのは、いくらかの誇張が入っているにしても洪水の物凄さがよくわかる。

滑稽なのは、小判百両を入れた財布を首から下げて身一つで逃げた男が、財布が重くて水に溺れそうになり、とうとうその財布を棄ててしまったが、命だけは助かってよろこんでいるなどという話もある。当時の小判一枚は一三グラムというから、百両は一キロ三〇〇ぐらい、これを首にかけて泥水を泳ぎ渡るのは、さぞつらかったにちがいない。

江戸の被害も大きく、出水は一日、二日よりも、三日目あたりから、かえって増してきて五日目に最大となった。その水が引いたのは十四日ごろであるという。一番ひどくやられたのは、やはり本所、深川で、本所へは幕府が四百艘の助け舟を出したという。また新大橋には避難小屋を掛けて多数の男女を収容し、見舞金も出したらしく、

「十五日マデ御扶持クダサレ候」

とある。

下谷、浅草にも大水が出たが、これには、「御扶持クダサレズ候」とあるから、本所、深川にくらべて被害はすくなかったのだろう。しかし、その下谷でも山谷あたりでは二階から舟を出すほどだったという。ところで、その舟の借り賃だが、はじめは一日三両だったのが、のちには一日十両にまで上った。一両がいまの幾らぐらいに当るか、仮に一万円としても十万円である。

江戸城も、八月一日の夜中には方々で塀が壊されて大騒ぎになった。とくに将軍の部屋の前の塀が百五、六十間、いっぺんに引っくりかえり、すぐさま職人に招集をかけて修理にかかったが、闇の中の暴風雨とあっては、どんなに働き者が奮戦しても、なかなか作業ははかどらず、職人一人あてに提灯持ちが一人ずつついての工事は大変難儀だった。

橋も、永代橋、新大橋は無事だったが、両国橋は両端十間ずつをのこして真ん中は橋脚ごと流されてしまい、しばらくは一文渡しの渡船が通うようになった。

大きな洪水のあとでは、いつも大々的改修工事が行われたが、この寛保二年のときには御手伝普請として大名小名に工事を割当て、利根川、荒川の本流支流の全流域に画期的な大改修が行われた。……しかし、それから約四十年後の天明六年には、これを上回る大洪水が江戸の市中を襲うことになる。

沼之上・尾島　2

天明六年（一七八六）の大洪水は、ちょうどことし（昭和四十年）の夏のように、気候が寒冷で、旧暦七月十日から降りつづいた霖雨のために起ったものだという。このときは権現堂川の堤防が決潰して、十三、四日ごろに江戸じゅうが水につかった。

本所、深川、下谷、浅草、千住、向島といったあたりは勿論、山の手の牛込、小石川も土地の低いところは水につかり、その深さは石切橋あたりで四尺に達し、江戸川橋も流されてしまって、小石川の柳町、戸崎町あたりの家々は濁流に呑まれてつぶされてしまい、目白山や愛宕山など高台の土地は崖くずれを起した。……山の手でさえ、そのくらいだから下町の被害はもっと大きく、平井、亀戸あたりでは浸水の深さ十尺から十五尺。寛保二年のときには流されなかった新大橋、永代橋も流されてしまった。

餓死防止に幕府の難民調査

このときの水害が、こんなに大きくなった原因は、その三年前の天明三年、浅間山が噴火して砂や灰を降らせ、利根川の河床を埋めてしまったり、いちじるしく浅くしたためといわれ、降灰の厚さは高崎あたりで七月五日から八日までに三寸二分（一〇センチ）に達したと伝えられている。

火山の噴火が洪水を呼ぶなどとは、ちょっと私たちには考えつかないようなことだが、これは川が山から流れてくるというアタリマエのことを、ふだんは何となく忘れているからであろう。

寛保二年の洪水のあとで、幕府がせっかく諸大名を動員して大々的におこなった関東一円の河川工事も、おかげでメチャメチャになってしまった。つまり当時から、我々の政府のやることは行き当りばったりで、川なら川の全体をつかまえるのではなく、その場その場を部分的に手入れしてつなぎ合わせるだけだったから、浅間の噴火など全然計算に入っていなかったはずである。

青蓮寺の坊さんは、当時のジャーナリストとして明らかに優秀な観察眼の持主だったらしく、寛保洪水記録には洪水そのものの状況だけでなく、あと始末の模様もくわしく伝えている。

まず水につかった自分の寺のことだが、たまたま十月二十日ごろに、遊行上人なるエライ坊さんが、何の用事でか、この寺へやってくるという知らせが七月中旬に江戸から来ており、そのため青蓮寺では道をなおすやら、いろいろ準備に手間をかけて待っていたところへ、八月一日からの大洪水に遭ったというわけだ。

洪水の水がひいたのは八月十五日だが、田舎の小さな貧乏寺のことだから、すぐさま復旧作業にとりかかるというわけには、とても行かない。畳四十枚、そのほかの敷物が残らず水につかって腐ってしまったのをはじめ、縁側の板はソリ返ってしまうし、柱もネダが落ちて、扉も障子も動かなくなり、壁も腰から下はボロボロに崩れてしまうといった具合で、手のほどこしようがない。おまけに塀はひっくりかえるし、薪は泥だらけで使いものにならず、境内一面、腐ってコヤシみたいにドロドロに溶けた木の葉の臭いでむんむんしているといったテイタラクであるから、遊行上人を迎えても、御飯を炊く薪一本にも困ってしまう、とそのことを明細に報告して、上人の御移りを中止してもらった。上人も、こんどの洪水のことは知っているから、この願いはすぐに聞き入れてくれた。

それにしても水が七尺もついたお寺の台所では、大釜が浮出して居間の座敷まで流れてきたり、キネだの臼だのが裏口からプカプカ浮いて流れ出すのを、やっとの思いでおさえたり、その他の小道具類が紛失したのは数えきれないぐらいで、まったく心も顚倒し、世界もデングリかえった気持であった。

「自分は母の胎内を出てから、江戸では大火にあい、相州では飢饉にあうなど、苦労のしつづけで、二日や三日は何も食べられないような目には何度もあっているけれども、それはこんどの水難にくらべると九牛の一毛、大海の一滴にすぎない。まことに、うつろいやすいこの世界には常にかわらぬものなど一つもなく、いちいちクヨクヨしているよりも、仏恩報謝の御念仏をとなえよう。南無阿弥陀仏、南無阿弥陀仏」

ところで、洪水から直接の被害を一番多く受けたのは百姓で、畑の作物は無論すっかりダメになったし、貯えの麦なども泥をかぶって腐ったり流されたりしてしまったので、たちまちその日から食べ物にこまった。しかたなく彼らは毎日、毎夜、地頭や領主のところへ扶持の前借に押しかけたが、着るものもなくコモやムシロをまとっている有様だ。

幕府としても、これは放っておけないので、急遽、水害地へ役人をやって、「年寄、子供ニ至ルマデ餓死ニ及バザルヤウ」に状況視察を行わせた。そのほか、村々へ隠し目付、つまりスパイを放って、商人や道者の恰好に化けた役人が、

「ココノ茶屋、カシコノ店へ、チョコチョコト腰ヲ掛ケ、百姓ノ暮ラシ方、御地頭ノ御手

当、茶飲ミ咄シノタグヒマデ、一々ニ御記シ御通リナサレシ事、五度ヤ七度ノ義ニ非ズ」ということをする。これは難民調査を兼ねて、不満分子の取締りでもあったわけだろう。

とにかく、そのような調査の結果、餓死しそうになっている者には当分の餓扶持として、その家の人数に応じて金二分から三両、五両ぐらいの金を、名主を保証人にして貸した。この金額は、一人が一日に黒米三合を食うとして、それを八月から翌年四月まで買うという計算で割出したものだ。黒米というのがどんなものか、またそれが当時どれくらいしたものか、そのへんのことは知らないが、幕府から借りた金は五年年賦で御取上げというから、百姓はラクではない。

改修工事はおそまつだった

大名たちを動員しての、河川の改修工事は、その年の十二月からはじまった。これは「御救大夫」と称して、現地の百姓の救援策を兼ねたらしく、大水のあった村では、村人たちは老若男女を問わず、早朝から全員、現場へかり出され、モッコや籠で土を運び、川から石を拾いあげるなどの仕事に、暮れ六つまで従事した。老人や女子供は小ザルに土を少しずつ入れて運ぶのが仕事であった。労賃日当、本人足が八十文、女子供は四十文だった。

しかし、青蓮寺のある岩松村（現尾島町）のように被害の大きかったところでも、利根川から北へ十二、三町はなれているところは、この「お手伝普請」と称する大名たちを動員した工事はおこなわれず、百姓や女子供は、思い思いに河原へ出掛けて日当をかせいだ。

正月になっても、どこの家にも金がないので、餅も酒もなく、まことに淋しいかぎりであった。十一日から、また改修作業がはじまった。中利根の北河原村では、村の真ン中に深さが三〇メートル近くもの大池が出来てしまい、これを埋めるために樽で砂を運んだが、その運び賃が一と樽で八十文と割高だったので、人足がたくさん集まった。そうなると労賃はたちまち安くなり、正月下旬には一と樽で三十二文に下がってしまった。それで誰かが現場に狂歌をのこした。

「御救大夫ト聞キテ北河原サテモ下ゲタリ長門《ながと》印籠《いんろう》」

北河原の受持ちは、長門、周防の大名だったのを印籠にひっかけたのだろう。

また栗橋あたりは、伊勢の藤堂和泉守の受持ちで、労賃は規定どおり日当八十文だったが、

「藤堂トコロシニキタカ伊勢乞食、和泉名代デ銭ハ八十」

と落書があり、役人を苦笑させた。

もともと百姓の救済を兼ねた御救大夫であるから、労賃八十文は安くはないはずだが、中途でだいぶ諸役人にピンハネされたらしく、

「大炊川金魚銀魚ハオホケレド、アミノワルサニスクハレモセズ」

というようなのも、あっちこっちにあった。

前記の栗橋では、羽佐間村というところでピンハネされたのを怒った人足が大挙して、水方奉行に殴りかかるという事件があった。この事件で人足の頭取が三人、獄門に掛かり、名主と組頭は五十五日間の閉門を命ぜられ、当の水方奉行は、編笠をかぶせられて江戸から追放になった。

この種の汚職事件や、人足の反抗は勿論、栗橋だけではなく、武州吉見領でも人足が暴れて普請奉行に殴りかかり、

「人足三四人、御仕置ニ逢ヒ候ヨシ承リ候。如何サマ十里余リモ道ヘダタリ候ヘシユヘ、クハシクハ相知レ申サズ候」

とある。

このように関東地方全域にわたった大河川改修工事だが、工事の進行はあまりはかどらず、二月末になっても完成の見込みが立たなかった。それで幕府は考えたすえに、工事を「村々ヘ切リ渡シニ被仰付」れたという。

つまり村ごとにノルマをきめて工事を急がせたわけだろう。それで百姓たちは、夜を日についで土運びに精出したので、三月の末までには大体のところは出来上った。

しかし破損のひどい場所は四月一日になっても、まだいつ出来るともラチがあかず、普請の見分にあたった水野対馬守が、三月末にひととおり見回ったうえで、

「小破ノ所ハ打チ捨テ、大破ノ所モ大略ニ相ヒ調べ候ハバ、普請相止メ候ヤウニト仰セ出サレ候ユへ、早速御普請、相止ミ候。尤モ其ノ節ニ至リ候ヒテハ、所々遠山ノ雪消エテ、方々川々モ日夜ニ水増シ候ユへ川除ケノ御普請モ調べ難ク相見エ候」

と、この寛保洪水記録は結ばれている。

一見へりくだった文句をつらねているが、この幕府の工事のズサンなことは、青蓮寺という田舎の貧乏寺の住職にさえ、かくも見事に見破られているわけだ。

これでは浅間のバクハツが灰を降らせたりしなくても、いつかは天明六年のような大洪水は起ったにちがいない。

栗橋

秋に台風は、つきものである。

ことし（昭和四十年）も二十四号台風は二千億円からの被害をもたらして関東地方を通り過ぎた。冷えこんだせいか私は、胃ケイレンを起して二、三日まえから寝こんでいたが、編集部から電話で、現場を見に行ってこいという。で、翌日（九月十九日）、われわれは車を埼玉県栗橋へ走らせた。気象台の発表によれば、関東北部の山岳地帯に二〇〇ミリの降雨があり、その雨は十二時間後に栗橋に達するものと考えられるという。となると昭和二十二年キャスリーン台風のときみたいに、栗橋近辺のどこかで堤防が切れないでもない。

すでに述べたように栗橋から五霞《ごか》村というあたりにかけては、東京湾にそそいでいた利根川を、徳川家康が地形を無視してムリに犬吠岬へ流れをつけかえたところであるから、いわば常習的に氾濫をくりかえしてきた地点である。そして、ここであふれ出した水は、ほとんど必ず利根の古道を押流れて東京を襲う。もし、いまそんなことになれば、被害の額は二千億円どころか、その数倍にも達するであろう。

河原という河原にゴルフ場

しかし秋晴れの関東平野を、真直ぐのびた道路ぞいに走っていると、そんな危惧がタワイないウソのように思われてくる。やがて車が青あおと草の茂った土堤の上の道路にかかると、栗橋の鉄橋が見える。

大丈夫！　と思ったとたんに、じつは少々がっかりもさせられた。――ふくらみ上った川の水が、橋脚に白い牙をむき出しながら、ドウドウとうず巻き流れているのかと思ったのに、茶褐色の水はいともおだやかに、やさしげに、晴れ上った空の色を背にうけてノンビリと流れていた。

ほっとはしたものの、これではせっかく東京から駆けつけたイミはない。私は、しばし拍子ヌケの体で、堤の草原に腰を下ろしてボンヤリ、川のおもてを眺めていた。

それにしても利根川が、こんなに川らしく流れているのを見たのは、これがはじめてである。――じつは、この三月から一と月に一度は利根川のまわりを、あちこちと歩いてみた。そして利根川というのは、川というよりダダっぴろい砂利の広場であるにすぎないものとしか思えなかった。水は砂利の隙き間を縫ってチョロチョロ流れるだけで、とても「大利根」だの「坂東太郎」だのとは、バカバカしくて言う気にもなれなかった。

河原の砂利のないところは大半、ゴルフ場になっており、真赤な帽子だのジャンパーだの、われわれ黄色人種の顔つきとは最も不似合いな服装の人たちが、得意げにクラブを振りまわしている風景は、なんとも〝干からびたニッポン〟の象徴みたいな感じであった。

私はゴルフの流行そのものについては、文句を言う筋合いはないし、ひとが愉しく遊んでいるものにケチをつけるつもりはさらさらないが、それでもこんなに河原という河原がゴルフ場になって行くのを見ると、何もわざわざ川へゴルフをしに来なくたって、よさそうなものじゃないかという気になる。

ところで、川の向こう岸の近くのところどころに、小さな島が散在して、その島と島の間を和船だのモーターボートだのが、ちょこまかと往来しているのが眼について、よく見るとそれが水没したゴルフ・リンクであった。島と見えたのはホールであるらしく、ちゃんと三角の旗などが立っている。

いかにゴルフ好きの日本人とはいいながら、舟に乗って〝水上ゴルフ〟を試みるとは、何と驚くべき情熱ではないか——？　しかし、これは私の早合点であった。橋を渡ってそばへ近づいてみると、舟で右往左往しているのは、ゴルフ場の管理人やキャディーたちで、彼等はちょっぴりアタマだけのぞかせた小島のような芝生に、ホースで水をまいたりして、復旧作業に懸命になっているのであった。

鉄筋コンクリート三階建か四階建かのクラブ・ハウスも、がらんとして人っ子ひとりいない。扉を閉めた戸口に立っている男に聞くと、やはり、

「ここ当分、水がひくまでは休業も止むを得んです」

と言う。水がひくまでに一体、何日ぐらいかかるものか、それによっては芝生も全部、腐ってしまうだろうから、経営者にとってはかなりのイタデであろう。――いっそ、それまでの間、ゴルフ場をやめて釣堀にしたらいいかもしれない。

しかし、こんなノンキなことが言えるのも、これがゴルフ場だからで、もし前の建設大臣が提案したように河川敷を公団アパートの団地にでもしていたら、どういうことになっていただろう。――よしんば、それが河原の川岸でなく、堤防の土堤の上に建てるというのであったにしたところで、川の水がこんなに増えると地盤は当然ユルむから、アパートの建物は、そのまま川の中へ倒れこんでしまったかもしれない。

この栗橋で三十年ばかりも利根川工事にたずさわっている建部光家氏の話を聞くと、堤防の決潰のしかたは、次の四通りである。

越流＝水が堤防を越えて川と並行に流れ、その水が堤防の土を根元から洗って削り取り、後へ倒れる。

転倒＝これは堤防いっぱいに流れていた水が急に減水したとき、それを支えていた堤防の力が肩スカシをくって、前へ倒れる。

洗掘＝堤防の基盤に水がシミこんで膿んだようになり、水圧に押されて堤全体がすべり出す。

陥没＝堤の下に穴があき、そこから流れこんだ水が周囲の土を洗い流し、陥没する。

建部氏が、ここに務めてからでも、このあたりでの堤防の決潰は三度あった。

第一回は昭和十年で、小貝川と利根川の合流点で、小貝川に利根の本流が逆流して、あふれた水が堤防をやぶった。——このあと堤防の補強工事が行われるはずであったが、戦争で中止になり、昭和十六年には桜川が決潰し、霞ヶ浦まで水が押しよせた。霞ヶ浦には海軍航空隊があり、海軍では部隊を出動させたが防ぎ切れなかった。

キャスリーン台風の大惨禍

そして第三回目が昭和二十二年のキャスリーン台風である。——キャスリーンが本土に接近したのは九月十五日、朝六時、浜松の南方沖合からで、最大風速四〇メートル。その後、駿河湾南方沖を通って、十六日の三時には銚子東方一〇〇キロの海上に去り、そのまま北海道南東の海をかすめて通りぬけて行ったのであるが、その前、十三日から各地に降りつづいた雨が十五日夜半までつづき、利根川の水源地一帯に三〇〇〜五〇〇ミリの豪雨を降らせた。

このため群馬、栃木、埼玉にまたがる利根川の本流支流、上流地点で山崩れ、溢水が、数限りもなく起り、その水がドッと押寄せた。

栗橋での決潰は、九月十五日夜半であるが、建部氏の記述によれば、その朝、五時ごろは、川の水はまだ澄んでおり、水位も一・八五メートルにすぎなかった。その水がみるみるうちに脹れあがり、七時から十時ごろにかけて、一時間に一メートルずつも盛上ってきた。そして午後一時には、ついに警戒水位の六メートルを突破し、増水を受けとめるものは本堤防だけになった。

水位は、その後も一時間に約三〇センチずつ増え続け、夜八時には計画高水位七・五五メートルをこえる。しかも夕刻五時ごろから雨は沛然たる勢いになり、十時を過ぎるころになると、川の水量はますます増して、堤防にしゃがんで、手が洗えるぐらいになった。

十六日、午前零時二十分、水位は九・一七メートル、つまり堤防のテッペンすれすれまできた。

決潰地点は栗橋のやや西寄りの新川通というあたりだが、終戦直後の当時は兵隊に出たまま未復員の者が多く、部落に水防に働ける男は老人が十七、八人しか集まらない状態だった。それでも彼等は五十俵ほど土俵を用意したりしたが、夕方ごろまでは堤防を信頼して、世間話などやっていた。

それが夜八時二十分ごろから、水は堤防を越えはじめる。増水量はきわめて速く、十五分間に〇・六メートルばかりも水嵩がのぼり、長さ一キロにわたって溢流しはじめた。堤防ぞいの他の地先からも土俵をもって応援が駈けつけたが、もはや土俵づくりも、運搬も間に合わない。

堤をこえた水は膝ぐらいの深さで、堤防のテッペンから外側の砂利道に当ってハネ返り、胸ぐらいの深さで堤の外壁を洗いながら、猛烈な勢いで流れて行く。こうなると駈けつけた応援隊も自分の家が心配だから、いちもくさんに逃げ帰った。

やがて、おびただしい溢流水といっしょに、上流からの大小の流木が堤防をこえてくる。はじめのうちは、その流木を積土俵の止め材にしていたが、流木に混じって溺水者の死骸、馬、豚などの溺死体、こわれた人家や橋桁などの残骸が、どっと流れこんできて、もはや手の施しようもなくなる。

雨は次第に小降りになったが、暗闇の川面からは洪水時特有のナマ臭い風が吹きつけて来、必死に叫び合いながら水防に従事する人々の声も、溢流する物凄い水音で掻き消されてしまう。

堤防ぞいの九軒の家は、濁水で戸障子をブチぬかれ、家の中を奔流がウズを巻いて流れ、やがて新築の家が泥と水に押されて、四メートル幅の用水路の中にまっさかさまに転倒する。次々と家は流れ、堤防は裏側から根を削り取られて行く。

十時ごろには雨風は、ほとんどやみ、夜空には銀砂をまいたような星が輝き出すが、濁水はナイヤガラの滝のごとくに溢れつづけ、東武鉄道新古河《こが》駅の変電所がいっせいにスパークして、その青白い光に、屋根の上に這い出した人、転り落ちて溺れる人などの姿が、一瞬無気味に浮び上った。

人影もない決潰口に水防用のカーバイド灯が置き去りにされ、わびしい光のまたたくなかに、流れ去った旧家の邸内で枯れ葉の揺れうごいているのだけが、墨絵のように見える。決潰口から流れ出た水で利根川の水位は急激に低くなったが、そのため下流の水が逆に上流に向かって流れている……。そんな奇妙な静けさが一時間ばかりもあったあと、二十四時過ぎに百雷の落ちるような轟音とともに、利根川の堤防は一五〇メートルばかりも一時にブン抜けた。

渡良瀬遊水地

渡良瀬《わたらせ》川は利根川の支流のなかで、最も大きなものの一つである。この渡良瀬川と利根川の合流点を、ほんの少し遡ると、あたり一面、草ぼうぼうの奇妙な荒野にぶっつかる。田もなく、畑もないその草原は、周囲を小高い堤防のようなものでかこまれ、ちょっと阿蘇の外輪山の内部をつっ走っているような心持がするのだが、それにしては見渡すかぎり、雑草の野原であって、どこにも山らしいものは見当らない。——この、まったく異様に荒廃した風景の曠野を「渡良瀬遊水地」と称する。

足尾鉱毒事件の谷中村の跡

『利根川治水史』（栗原良輔著）によれば、それは渡良瀬川、思《おもい》川などの水を増水期に一時、この地点で遊水させるためのもので、つまり、渡良瀬川の洪水で利根川の下流に迷惑を及ぼさぬことにした施設であるという。その面積は三五〇〇ヘクタール、ざっと千葉県印旛《いんば》沼《ぬま》のそれに等しく、産業計画会議が立案している沼田貯水池の二七〇〇ヘクタールよりも、八〇〇ヘクタールも大きい。

この遊水池の工事が明治四十三年にはじまったと聞くと、「さすがに明治の人は、やることが気宇壮大だ」と感心せざるを得ない。しかし、遊水池といっても、ふだんは普通の平野と何の変りもないのに、何でわざわざこんな馬鹿デカイ空地を関東平野のまん真ン中につくっておく必要があるのか、と頭をかしげたくなる。

とにかく堤防の内側にまで、田畑をつくったり、ゴルフ場をこしらえたり、河川敷をアパートの団地にしようという案さえとび出すぐらいの世の中に、こんなに広大な土地が遊んでいるのはフシギではないか。もし洪水予防のためならば、こんな開けた場所に遊水池をつくるより、もっと山寄りの上流地帯にダムをいくつか作れば、いいではないか？

ちなみに沼田ダムの計画貯水量は八億トンなのに、この遊水池の遊水量は一億七〇〇〇万トンしかない。だから沼田ダムの何分の一かの大きさのダムを渡良瀬川や思川の上流のどこかにつくれば、ここの三五〇〇ヘクタールの土地は、ゴルフ・コースにでも、水田にでも、団地にでも、何にでもなる。あるいは国際空港をつくるにしても、ここなら東京からの距離は霞ヶ浦と変りないし、干拓の必要もないから、ずっと有利だろう。しかも、ここに一億七〇〇〇万トンの水を遊水させるといっても、それは洪水のときあたりを水びたしにするだけのことで、水がひけばそのまま海へ棄てられてしまうのである。

なぜ、そういうムダなことをするのか？

おそらくこれは誰でもが抱く素朴な疑問だろう。しかし、この土地が渡良瀬川鉱毒事件で有名な谷中《やなか》村のあったところだと聞くと、また別の意味で驚く。

そのまえに鉱毒事件というのを簡単に説明すれば、足尾の古河鉱業の製銅所が渡良瀬川に流した鉱毒で、下流一帯の農民、漁民は、作物がダメになったり、魚（サケ、アユ、コイ、フナ）が死んで漁が出来なくなったり、また人体にも、眼がつぶれたり、妊婦が流産したりという害があった。それを憤慨して、栃木県選出の代議士田中正造はじめ、木下尚江、内村鑑三、安部磯雄、幸徳秋水といった当時の進歩派の人たちが運動して、製銅所の閉鎖その他、鉱毒対策を政府に申し入れたが、なかなか聞き入れられず、ついに田中は明治天皇に直訴して、あべこべに投獄され、明治四十年には銅山坑夫の暴動鎮圧に、高崎歩兵連隊が二個中隊出動するなど、さまざまのことがあったすえ、明治の末年に被害地域の農民たちを北海道その他へ移住させることで、ようやく一応の結末をつげた。

つまり、公害ということが日本で最初に問題にされた事件だし、それを糸口に前記の社会思想家たちの活動がはじまったというわけだ。そして、その運動の拠点が谷中村であったというようなことは、私もなんとなく承知していた。……けれども、事件のあとの谷中村が、六十年後の今日、草ぼうぼうの荒れ地になって、眼の前に拡がっているのをみると、その光景の無残さに一瞬、ドキンとせざるを得なかった。

「手っ取り早く言えば、谷中村をそのままにしておくと、いつまでも鉱毒事件は片付かねえっていうんで、政府はここを『遊水池』ってことにして、村ごと全部、ぶっつぶしちまったんだろう。そのとき村を追っ払われた連中は、どこへ、どう消えちまったんだか、もうサッパリわからねえ……」

いまでも鉱毒反対運動をつづけている地元の人の一人が、感傷的な思い入れとともに、そう語った。

当時の谷中村は、地元の研究家の資料では戸数約六百戸である。海老瀬村の地主で田中正造とも親交のあった松本英一氏は、当時の日記を残しているが、松本氏によれば、栃木県と内務省が半分ずつ金を出して谷中村を買収したという。

「栃木県で出したのが二十三万円だったでしょう。田中（正造）さんは『とんでもない話だ』といって、わたしの家に泊っては、まだ買収されてない家を訪問して歩きました。代議士仲間にたのんで運動しようとしましたが、三十人ぐらい集まったのが、古河に買収されて四、五人になってしまい、田中さんは『銭は毒よりも悪い』と、ふんがいしていました。青年の五十三人が投獄されてからは、運動も下火になり、それまでの騒ぎも水を打ったようになってしまいました」（萩原進編『松本日記』）。

谷中村の買収と立退きがはじまったのは明治三十八年のおわりからで、最後まで買収に応じなかった家の強制破壊は翌々年、六月二十九日から七月五日にかけて行われ、二十年ちかくにわたった地元農村の抵抗も、拠点を失って壊滅した。

被害はいまだに続いている

正直にいって私は、この鉱毒事件については通りいっぺんの知識しかない。だから谷中村の事件についても、ここに遊水池をつくることが洪水対策上、どうしても必要なものなら、農家の立退き買収や、強制執行は止むを得なかっただろうと思う。

しかし渡良瀬遊水地は、治水上からいっても、土地の利用法からいっても、いかにもムダの多すぎるものに思えるし、これが洪水対策に必要不可欠の施設だとは、どうも信じ難い。終戦後、米軍がこの遊水池を爆弾投下の試射場に使いたいと申し入れたというが、いま私たちが眺めても、なるほどいかにも爆撃の被災地そのままのような感じがするし、六十年間もこんなものをサラケ出しているのは、農民弾圧の史蹟を、見せしめのために保存してあるような気さえする。

とにかく、社会運動史としての「鉱毒事件」は、谷中村の立退きでおわりをつげ、田中正造もそれから五年後の大正二年に失意のうちに死んでしまう。しかし鉱毒そのものの問題が、これでカタがついたわけではないし、驚いたことに場所によっては、まだ鉱毒の被害はつづいているという。

渡良瀬川に鉱毒の流れはじめたのは、明治十一年に足尾銅山が洋式の新機械で採掘製銅をはじめた直後からであり、はやくも明治十三年に栃木県令藤川為親は、

「渡良瀬川には流毒ありて魚死す。故に、この川の魚類の売買はもとより、その捕獲も禁ずる」

という布令を発している。そのうち被害は農地におよんで、麦や米がそだたなくなり、やがて人体もおかされはじめた。しかし政府では、これが鉱毒のためであることを、なかなか認めず、うらへまわって鉱山側と農民との間に示談をすすめたりするばかりで、十数年間はそのままに過ぎた。農商務大臣榎本武揚を現地に派遣し、被害状況を視察させたうえで、鉱業主古河市兵衛に鉱毒除害工事の命令を出したのは、明治三十年になってからである。

これは明治二十三年、二十七年、二十九年と、連続的に渡良瀬川が氾濫し、そのたびに鉱毒をふくんだ泥で、家屋や農作物がおかされたからで、洪水がなければ、鉱毒そのものの対策にはまだ無関心な態度がつづいたかもわからない。

もともと谷中村をふくめて、鉱毒の多かった一帯は、低湿地帯であり、利根川や渡良瀬川の流路を人為的に何度もツケかえたりしたせいもあって、洪水が出やすい所にはちがいなかったが、足尾銅山の毒煙で渡良瀬川上流の山地の林が枯れ、ハゲ山になったために、山地に降った雨はそのまま下流に押流れてくることになった。

だから足尾の鉱毒対策は渡良瀬川の治水とは切りはなしては考えられなかったにちがいない。しかし、谷中村を遊水池にしてしまったのは、鉱毒と洪水の災害がいっしょになって起ることから、問題の焦点を故意にスリかえてしまったといっていいだろう。

第一、渡良瀬遊水地が出来ても、これは利根川下流の洪水予防にしか役立たず、地もとの人たちは、以前よりもかえって多く洪水の危険にさらされた。つまり、遊水池はまわりを城壁のように堤防でかこんで作ったものだから、そうなると遊水池の西側の渡良瀬川と利根川に挟まれた地帯の人たちは、二つの川の堤防と遊水池の堤防とで三方を囲まれることになり、残りの一方は山から下りてくる地形だから、そこから洪水の水が入ってくるとハケロのない袋地に閉じこめられる結果となる道理である。

そしてそのたびに鉱毒をふくんだ泥は、洪水の水といっしょに、このあたりにまで流れ下りてきて、溜りに溜って行くことになる。なぜなら、川の上流の製銅所の両岸には、銅を採ったあとの土が山のように積上げられており、雨のたびにその土が川に流れこんでしまうからだ。

だから、いくら製銅所で工場から流れる水を中和させたり、煙突を高くして毒煙を遠くへまきちらしたりしても、この銅を採ったあとの土の処理をつけないかぎり、鉱毒の被害は、いまだになくならないというわけだ。……

毛里田・足尾　1

ドライ・クリーニングの洗濯屋と向かい合わせに、毛里田《もりた》農協の古い建物が立っている——。これを見ると、どうも毛里田が鉱毒被害の中心地であるという話がウソのように思えてくる。

ここへ来る途中、道がわからなくなって、寺のような御堂のようなところでオートバイを停めている青年に、場所を聞いたのだが、その荒れはてた寺のような建物からは、サーフィンだかエレキ・ギターだかのリズムが鳴りひびいてくるのであった。農村の青年が、八木節のかわりにサーフィンで騒いだって、別に驚くほどのことでもないが、青年の着ていた真っ赤なポロ・シャツもこういう洗濯屋でクリーニングさせているのだろうかと思いながら、この農協の薄暗い建物に入って行くのは、やっぱりちょっとヘンな気分だ。

渡良瀬川の水は美しくない

もっとも「鉱毒事件」といえばムシロ旗、ワラジ履きの百姓姿を想像するのは私の時代錯誤で、青年のポロ・シャツ姿はアタリマエの風俗であろう。

だいたい、いまどき鉱毒ということ自体が、時代錯誤であるかもしれない。足尾の鉱毒事件がはじまったのは明治の十年代からであり、それから今日まで一世紀ちかくたっているのである。「鉱毒悲歌」がうたわれ、田中正造が、百姓がバタバタ死んでいるとき政治などやっていられない、と代議士をやめて直訴に及んだころの日本には、まだペストがあった、コレラがあった。肺病は死病だったし、ライ病は業病だった。だが、医学と環境衛生の進歩は、そういうものをみんな過去の遺物にしてしまった、——と私たちは考えている。そういう時代になって、まだ渡良瀬川の鉱害が、十年一日どころか、その十倍もの長さで続いているといわれても、滑稽な感じがしてピンと来ない。

「それは、そうだろうな、いまどきコードクだなんて言ったって、はじめて聞く人には何のことだかわからないのが、あたりまえかもしれねえ。……しかし、このへんの百姓は毎年、鉱物の被害をうけている、これは事実なんだ」

農協から連絡してたずねて行った恩田正一氏は、白髪頭をふりたてながら、力説した。

「古河鉱業じゃ、オレのことを政治的野心があるの、キチガイだのって言いふらして、鉱毒なんてとっくの昔にカタづけてるように宣伝してるがね……。鉱毒の水が田畑を荒しているってことは、このへんの田を見てみりゃ、わかるだろう。水の取り口のところに、みんな沈澱池がつくってある。鉱毒がなけりゃ、だれがわざわざこんな面倒なことをするものか」

言われてみると、なるほど田の片側に区切りがつくってある。このへんの米の収穫率は反当り四俵だが、細かく分けると沈澱池のそばでは反当り一斗六升だが、沈澱池と反対側のところでは反当り十二俵とれるという。この違いが、はたして鉱毒のせいかどうか、農業をやったことのない私にはわかりかねる。しかし水の取入れ口の近くの稲がヤセこけており、そこから遠のくにつれていせいよく伸びていることはたしかだった。そして畑地やカンガイ濠の側壁の土の色を見ると、灰白色の土が何段にも層になったりしてヒビ割れているところと、あたりまえの土色をしているところとが、ハッキリと見分けられるが、その灰白色に濁った色をしているのが鉱毒の水におかされた土だという。

「もし、鉱毒がなければ、麦、小麦は現在の倍、米は反当り一、二俵は多くとれる」

と恩田氏はいう。公表された減収量は、次のごとくである。

（昭和三十九年度）水稲、引受け、一、三七九、六一五キロのところ、減収、四、八八六キロ。三麦、引受け、七二六、二三〇キロのところ、減収、三〇、八六六キロ。

（昭和三十八年度）水稲、引受け、一、三七八、四一〇キロのところ、減収、五、六七六キロ。三麦、引受け、八九一、五二六キロのところ、減収、二〇〇、四二一キロ。

たしかに引受け（予定収穫）よりも、実際の収穫はいつも下回っているし、ことに三十八年度の三麦は、それがはなはだしい。しかし、恩田氏の言うほどのことでもないではないか、と訊き返すと、

「それは中和のために石灰をまいたり、百姓が長年の経験で個人個人、いろいろに手当をするからさ。石灰は反当り二袋から四袋ぐらいも入れるが、その薬品代が反当り八百円、毛里田地区だけで年間二百八十万円ぐらいにもなる……。そればかりじゃない、鉱毒の水がくると、水門を閉めなきゃならないが、そのためにふだんから見張りを立てなきゃならないし、毒水がいつくるかと、百姓は戦々兢々なんだ。夜中にふっと眼を覚して、雨の音でもすれば、すぐ水門へ駈けつけてみなきゃならねえと、いつもそればかり気にしている、その精神的負担だって並み大抵のもんじゃない」

と、まさに口角泡をとばす勢いだ。まわりにいる人たちもくちぐちに、

「そうだ、そうだ、この辛さは百姓の身になってみなけりゃ、わからねえ」

と、たちまちあたりには、怒りの熱気が立ちこめた。

「とにかく、あんたは一度、足尾へ行ってみなきゃならねえ。NHKなんかはテレビで二度も『むかし鉱毒で騒がれた渡良瀬川の水も、いまはこんなにキレイです』なんて放送したが、下流の水をテレビでうつしたってキレイかきたないか、わかるもんか」

「NHKばかりじゃない、ここの小学校で校歌をつくって、『渡良瀬川の水キヨく……』なんて、子供たちに歌わせやがったから、わしは校長にドナリこんでやった、なにが渡良瀬川の水がキヨいもんか」

「水質検査にくる役人だってそうだ。水の澄んでるときにきて、調べたって何がわかる? そういう連中は雨でも降ったすぐあとで来てみりゃ、いいんだ。川中いっぱい鉱毒の泥が、どろどろオシルコみたいになって流れてらあ」

と、まるで私がその校歌の作詞者か役人でもあるかのように、詰めよった。

日本近代化の奈落をのぞく

私たちは直ちに足尾の現場へ行ってみることにした。すでに日は西に寄っていたが、自動車を走らせれば日没までには、向うに着けるだろう。しかし彼等は、それでは納得しなかった。

「そりゃイケねえ。あんたたちだけで鉱山《ヤマ》へ出掛けたって、会社の人間にダマされるだけだ。向うには、ちゃーんと、記者だの文士だのをダマす係りがいるんだから」

「そうだとも、あいつらは頭がスゴくよくって、うめえことダマシャがる。オレたちでさえ、あいつらの話をきいていると、向うの方が正しいような気がしてくるくれえだもの、お前さんたちが行けばコロリと乗せられて、また『渡良瀬川は美しい』なんて書くにきまってる」

私は自分がそれほどダマされやすい人間に見られているのか、と屈辱も感じたが、これも彼等がそれほど何度もダマされつづけてきたためのことであろう――、ということにして、地元有志の人たちも一緒に、総勢五人が一台の中型車に乗りこんだ。

足尾の山の中腹まで来たころから、日は暮れかかり、プロパンガスのタクシーは砂利の坂道を、エンジンの破れそうな音を立てながら上ったが、川の両岸に鉱泥の山の見えはじめたところで、ついにオーバー・ヒートして動かなくなった。下車して歩くより仕方がない。目的地までは、あと二キロばかりだという。

「どうするね?」

「行きましょう」

私は言下にこたえた。本当をいえば、これから二キロの山道を歩くのはつらかった。それに野積みにされた鉱泥の山は、一と雨降ればたちまち両岸から川へ流れ落ちることは、ここから眺めただけでもわかる。……しかし、こうなったら意地である。ちょっと車が止っただけで、ヘコたれて帰って行った、と言われるのも業腹だから私は真先に立って歩いた。鉱泥の山は、数十メートルから二、三〇〇メートルはあろうかとおもわれる高さのピラミッドを積重ね、つなぎ合わせた恰好で、上流に向かって見渡すかぎり、延々とつらなっている。それはひとめみただけで、説明も何も要しない陰惨な光景だった。

木のないハゲ山というのは、満州でも、朝鮮でも、スペインなどでも眺めたことがある。しかし、それでも傍まで行くと、草やら何やら、生きものらしいものが、相応に繁茂している。ところが、ここには誇張でなく、一木一草ない。山のテッペンの方には、ちょぼちょぼと植林された小さな木が認められはするが、眼の中に圧倒的な量で迫ってくるのは、黒ずんだ泥の積重なりだけである。

いや、それは泥ではなかった。細かく割れた岩の小片だった。川っぷちの道にもザラザラと崩れ落ちてくるのを手に取ってみると、茶褐色と灰白色の美しい色をしている。しかし、この中にも銅の成分の何パーセントかは残っているにちがいない。現にもう鉱脈のつきかけているこの銅山では、これらの鉱泥からもう一度、銅を採り出す作業も行われているという。してみれば、これが川に流れれば、流域が鉱毒におかされることは確実であろう。

しかし、このぼう大な銅鉱のカスを一体どうすればいいのだろう。私は前後左右から迫る鉱泥にかこまれながら、「近代日本」のナラクをのぞいたような気がした。

毛里田・足尾　2

渡良瀬川の両岸に積上げられた鉱泥の山は、明治十一年以来、百年近くも採りつづけてきた銅のカスであり、それは日本の近代化を猛スピードで押しすすめてきたエネルギーの残骸だともいえるだろう。そのために川の下流の農民たちが、どんな悲惨な目に会おうと、欧米先進国に追いつき追いこすためには、そんなことにかまってはいられない……。

夕暮れの陽が落ちて行くにつれて、ますます黒ぐろと迫ってくるボタ山の連なりを眺めながら、私は歩きなれぬ山路を一歩一歩のぼるごとに溜息を吐かずにはいられなかった。

天然現象のせいにする暴論

古河鉱業側では、昭和二十九年以降、鉱毒問題は一切ないという立場をとっている。二十九年に渡良瀬川の伏流水取水の設備は完成し、これによって下流の鉱害はもはや起らぬという覚書を、群馬県知事、農民、古河鉱業の三者で取りかわした。その施設はまことに大規模なもので、例えば鉱泥濾過のダムだけにも二億五千万円の巨費を投じており、それは監督官庁はもちろんいかに口うるさい農民からも、文句の出ぬほど完全なものであるという。

ところでいまわれわれが石コロだらけの山路を、あえぎあえぎ上っているのは、それらの施設にもかかわらず「やっぱり鉱害はなくならない」という地元の農民たちの言葉をたしかめるためなのだ。何度もいうように、現在の鉱害が川の両岸に野積みにされた古い鉱泥の水が、雨のたびに川へズリ落ちることから起るものだとすれば、これはひと眼みればわかることで、このうえ息を切らせて山のテッペン近くにある除害施設を見物するには及ばぬことだった。ただ私は、ほとんど山肌を覆いつくして積上げられた暗灰色の銅カスに取りかこまれると、何か無形のエネルギーに突上げられて、ツヅラ折りの坂道を、上へ上へと登って行かざるを得なかっただけだ。

実際、これだけの銅カスが溜まるまでには、それに比例する膨大な量の銅がつくられて来たにちがいなく、またそのためには息つくヒマもない勤勉な労働が必要だったにちがいない。私は一歩一歩、銅カスを踏みしめて歩きながら、この百年、ここにはたらいた人たちの労働量を想い浮かべ、なんとなく慄然とさせられた。

登ること約一時間、私はようやく山あいの谷間につくられた鉱泥のダムに到達した。製錬所で銅をとったあとの泥は、ケーブルでここに運ばれ、泥にふくまれた有害な水分は化学的に処理されて、無害な清潔な水となって渡良瀬川に流されている。この施設は鉱山側でも自慢するだけあって、いっしょについてきてくれた被害地のお百姓さんたちも、

「これだけのものを、最初からつくっておいてくれたらなア」

と、嘆声を上げる。しかし、一つの大きな山あいを埋めた銅カスの池は、また私には言いようもなく恐ろしげな眺めだった。いまは暮れ切った空の下に、仄白く浮かび上った鉱泥に取りまかれ、波一つ立てずに横たわった人工の湖は、「風景」と呼ぶにはあまりにひと気がなく、岸辺に立っているだけで自分の体までが、CuとH_2Oとかいった化学式の中に溶解されてしまいそうな気分になる。

こういえばおおげさすぎると笑われるかもしれない。しかし、なにぶん私は、その日の朝八時に朝食をとってから、ほとんど飯らしいものを食うヒマもなく、腹はペコペコにへっていた――。その空腹も手伝ってか、私にはあらゆるものが、やたらにムナシく思われてならなかった。

百年来、鉱害をうけつづけてきた農民たちの嘆きは勿論のことだが、このような大施設

をつくりながら、なおまだそれだけでは鉱毒除害は不十分だとすれば、鉱山側にとっても「鉱毒問題」はサイの河原の石積みに似たムナシサを感じさせるものではないか。

まちがいのもとは、渡良瀬川のような平野をつらぬく大河川の上流に近代的な製銅所をつくったことにあった。徳川期までの技術なら、銅山のそばで製銅をやり、そのカスを川に棄てたって、大した問題にはならなかった。それが明治の技術改新でイキナリ西洋の最新式の製銅機械が入ってくると同時に、鉱毒は怖ろしい勢いではびこり出した。

こういうことが、はじめからわかっていれば、製銅所は銅山から少々離れていても、もっと鉱毒処理のしやすい海岸地帯にでも設けておくべきであったろう。ことに足尾銅山の銅鉱は、すでに大分まえから掘りつくされ、製銅所ではほとんど外国から輸入された銅鉱の製錬ばかりをするようになってみれば、こんな山奥に製銅施設を置くことの不利は、誰が考えても明らかである。そして、いまでは仮に製銅作業そのものを中止しても、沿岸の土にしみこんだ鉱毒は附近の住民に害を及ぼしつづけるにちがいないのである。

古河鉱業では、「雨が降って川の水が汚れるのは天然現象であり、会社では責任を負いかねる」と言っている。雨で川が濁るのは、天然現象であり、わかりきったことだが、野積みにされた鉱泥が雨で川に流れこむことまで天然現象のせいにするのは暴論である。また昭和二十九年に取りかわした覚書で、鉱毒問題は一切なくなったと主張しているのも、おかしなものだ。

この「覚書」は待矢場両堰土地改良区の理事長なる人と、古河鉱業の間にかわされたものので、土地改良の費用として古河の八百万円を寄付するかわり、今後一切の補償はしないというのであるが、この種の覚書は鉱毒事件の発生以来、鉱山側と農民との間で、いったい何べん取りかわされたことだろう？　明治二十八年にも、被害地の農民と古河市兵衛との間に、「永久示談契約書」というのが、何件かかわされているけれども、こういうもので事態が少しも解決されなかったのは周知のとおりである。

要するに、覚書も永久示談書も、そして「天然現象うんぬん」といった発言も、農民相手のカケヒキであり、こういうカケヒキが政治というものなのであろう。そして、この種の「政治」は一鉱山会社と農民との間に行われただけでなく、国や県や役人が仲介をしたり、アッセンしたりしてきたことは、これまでのいろいろの例から、うかがわれる。

鉱毒問題をウヤムヤに放置

勿論、カケヒキは役人同士の間でも、さかんに行われる。たとえば通産省と農林省とは、それぞれの立場から、それぞれのカケヒキをする。だから水質検査ひとつやっても、農事試験場でやったものと、鉱山監督局でやったものとでは、同じ川の水をとってしらべたとは思えないほど、それぞれのデータにとっぴょうしもないクイチガイが生じる。

水質審議会では、渡良瀬川の水質を、昭和三十四年以来、四回ほども調査しているけれど、

「利用地点における水質については異論が少なくなく、またその解決には相当の施設を考慮しなければならないため、各省において慎重な検討をつづけている」

と、はなはだバクゼンたる見透しを述べているだけである。

この審議会の委員の一人である東京都立大の半谷高久教授の話をきいても、これは同じことであった。

第一に、これまでに出された水質調査のデータがマチマチで、まるきりアテにならないこと、第二に調査に必要な予算がないこと、この二つの理由で、半谷教授は科学者として水質をしらべることより、あちこちから袖をひっぱられて、その発言を政治的に利用されまいと身をまもることが、せいいっぱいであるような印象をうけた。つまり水質審議会といっても、その実体は水をしらべる会議ではなく、水をめぐって利害の衝突する代表者たちを、どうやってナダメるかを論議し、調停する機関であるようだ。

もっとも農作物が被害をうける水の調査は、私などが考えていたより、よほど微妙でム

ツカシいものらしい。たとえば銅の人体に影響を与える許容量は1ppm（一リットルの水に一ミリグラムの銅）であるが、植物の場合はそれよりも下回っているという。つまり、田畑に流す水は銅に関しては人間の飲む水よりもキレイでなければならないというわけだ。

おまけに銅をふくんだ水が植物に害をあたえるといっても、銅がどういう状態で水の中にふくまれたものがイケないのか――銅が水に溶けたものがイケないのか、銅の細片が水に浮かんでいるのがイケないのか――といったことは、学問的にもわかっていないという。

それに水の調査のテクニックというのが、また意外に厄介で、まず川の水をどうやって実験室へ運んでくるかが問題だ。たとえば水をビンに詰めてもって来たのでは、ビンの内側に銅の成分がへばりついてしまうから、その水を分析しても実際に川を流れている水とは別のデータが出てしまうといった具合である。さらに、川のどの部分の水をとるか、天候や、雨量や、川岸の状態によって、刻々と変ってしまう川の水を相手に、どの水がどのように農作物をいためるかを見極めるのは、なるほどシロウトの私たちが思うほどカンタンなことではなさそうだ。

しかも、このようにして川の水質の基準がきめられてみたところで、川を汚濁からまもるには、それを絶えず監視する機関がなければ何にもならない。基準がきまっても、それがまもられなければイミないからである。

勿論、こうしたことは渡良瀬川についてだけの問題ではない。松尾鉱山のある北上川の場合でも、戦時中の乱掘で下流に鉱毒を流した三井の神岡鉱山の場合でも、その害はイタイイタイ病などという奇病を発生させたりして、かなり大きな影響を残しているのに、なんとなくウヤムヤのうちに葬り去られたままになっているという。

おそらく渡良瀬川の場合でも、農作物についてこれだけの被害が出ているのなら、鉱毒で健康をそこねた人たちも大勢いるにちがいない。いくら鉱毒に対する人体の許容量は植物のそれより大きいといっても、何十年も鉱毒が流れ、土の中までシミこんでいる土地に住んでいる人が、鉱毒の影響をまったく受けずに健康に暮らしているとは考えられない。しかるに、そういう人たちがどうしているのか、その声は全然きかれないのである。

関宿　1

関宿《せきやど》は、一本のアスファルト道路の両側に軒の低いワラ屋根の家など並んだ、何のヘンテツもない町である。

「こりゃ、何にも話のタネになるようなことのない町だな」

と同行の伊藤画伯はおっしゃる。——そのとおりだ。ぶらっとやって来て、そのへんを歩きまわり、道ばたの旅館に一泊してみたところで、この利根川と江戸川の分岐点に当る町には、どうと言って見るべきものは何にもない。

実際、利根川の治水史、舟運史、あるいは旅行者の紀行、地誌などを読みあさって、この町へ来てみると、その何もないのには、拍子ヌケする気力もないぐらいだった。

水の流れとともに消えた町

徳川期には久世氏の城下で、箱根と並んで最も重要な関所がおかれ、明治の中期までは利根川流域随一の都市であったこの町が、こんなふうになってしまったのは、第一に徳川幕府の崩壊で城も関所も廃止されたこと、第二に利根運河の開通で銚子から入ってきた舟がここを迂回して江戸川へ出るようになったこと、そして第三には舟運そのものが鉄道にとってかわられてしまったためである。

しかしゴースト・タウンには、それらしく幽鬼の漂う雰囲気が、町のどこかに残っていてもよさそうだが、ここにはそういう気配さえもない。あるのはただ言いようもないくらい平穏な静謐さ、それだけである。

何もすることがないので、宿にアンマを呼んで少し早めに寝ることにする。別に、肩も腰も痛いところはないが、他には時間のツブしようがない。ここへ来るまでは、町はずれの映画館に、『砂の女』ならぬ『砂利の女』などというピンク映画が掛かっていたが、この町にはそういうものさえない。パチンコ屋も、中華ソバ屋も見当らない。たしか呉服屋、洋品屋、化粧品屋、といった店屋も見掛けなかったと思う。この町の人たちは、いったい何をやって暮らしているのか、想えばフシギな町である。

ところで、たのんでおいたアンマさんは、私たちが晩飯を食いはじめたところへ、やって来た。——「おそくなるとアンマも来ない」と宿の女中がいうので、それなら早いうちに来させてくれとは言ったのだが、まさか七時前にやってくるとは思わなかった。眼の悪い、中年の女のアンマさんである。この町の生れで、ずっとここにいるというので、何か見るものはないかと訊いたら、

「鈴木貫太郎さんのお墓」

と、こたえた……。そういえば、宿の女中さんも、町の教育委員とかの人も、同じことを言った。終戦内閣の総理大臣、鈴木貫太郎海軍大将はこの町の出身で、戦後もここで静かな余生を送って亡くなった。その人柄を私も好ましいとは思うけれども、わざわざお墓参りをしたいほどではない。

「ほかには何か」

「そうですねえ、別に」

何もないのである。関所や、城の跡はどうなっているのかと訊いても、わからないと言うし、このへんに軒を並べていたという船宿や蔵のことなども全然知らないと言う。

明治になるまで、利根川上流、渡良瀬川筋を下った船や、銚子から上ってきた船は、す

べてここの関所の検閲をうけたから、関宿の河港には帆柱がいつも林立していた。明治十七年ごろでさえ、鬼怒川からくる舟は月間、平均二千四百艘、下利根川からのものは三千六百艘。そして、その大半が関宿を通過したといわれている。そのため関宿は、

「万民鼓腹し市鄽《してん》繁栄なり」

と、赤松宗旦の『利根川図志』にはしるされている——。

当時の関宿は、東に台町、南に江戸町、内河岸、元町、内町があり、内河岸の対岸に向河岸というのがあって、江戸へ行く旅人舟はここから出た。舟はたいてい、午後六時にここを出て、翌朝六時に中川へ着き、旅客はここで蛤の吸物で朝食をとり、伝馬船に乗換えて、正午ごろに日本橋へ着いた。そんなわけで関宿の河岸のにぎわいは、

「江楼に柳樽を開き、江岸に柳の枝を折る、この景、喩ふるに物なし」

だったとある。つまり青楼が並んで、客を送り出す女との交歓に、すこぶる華やかであったというわけだろう。……これが、いまや町に一軒のパチンコ屋もなく、見るべき物は海軍大将の墓だけということになってしまったのは、前にも述べたとおり輸送が舟から鉄道に切替えられたためだが、昔の関宿の町が跡かたなく消え去ったのは、このあたりで大規模な河川改修工事があったからである。昭和二年に利根川と江戸川をつなぐ境をシメ切って、新しくその上流の現在地点で合流させる新川がつくられたが、江戸川の堤もまた後

ろへ引堤されたため、町の大半が城跡も関所跡もふくめて川底や土堤の下に埋まってしまった。

改修の前後で、地形がどう変ったか、略図をたよりに歩いてみたが、田ンぼの間に、途中でチョン切れた土堤らしいものがあるばかりで、どこがどう変ったのかは、ほとんど見当もつかない。鈴木貫太郎氏の主治医で、利根川を愛し、とくにあたりのことにくわしい飯島博氏の著書『利根川』（昭和三十二年刊）を読んでみても、どうもよくわからない。この数年間で、またそれだけ工事がすすんでいるのであろう。

農家の庭先をとおって曲りくねったアゼ道を行くと、紅紫色の茎だけになったアカマンマが生い茂った土堤に、ぽつんと一つ「関宿城趾」と誌した石碑が立っていた。土堤の上にのぼってみると、目の下に江戸川がながれ、向こう岸の土堤の下に西関宿町の家並みが、ひっそりとうずくまっている。……家の軒はおそらく水面よりも低い。堤が切れれば、これらの家々は、いまは跡かたない関所の陣屋と同様、江戸川のながれの下に沈んでしまうであろう。

私は、四方にひろがる青あおとした平坦な風景を眺めながら、ふとチェコの首都プラハの街を想い出した。ボルダ河の流れにそったプラハの街は、岩だらけの山に囲まれた盆地であり、地形からいっても、地質からいっても、およそ関宿とは何の関係もない。唯一の共通点は両者ともに、亡ぼされ、侵略されつづけてきた町だということだろう。

オーストリアとロシアに挟まれて、プラハの街は千年にわたって二つの国の軍隊から交互の支配をうけてきた。支配者が変るたびにその城壁がつくり変えられたので、いまでは街全体が様式も年代もマチマチの城壁で幾重にも取りまかれ、その間を狭い石畳の曲りくねった道路が入り乱れて通っている。この迷路や、城壁や、城門は、まるでカフカの小説に描かれる、超現実的な風景そのものである。けれども、この不条理哲学の象徴のように受けとられている城壁や城門はプラハの街の人たちにとっては、文学的な象徴ではなく、現実なのである。時代が変り、支配者が変っても、固い地盤の上に築き上げられた城や城門やは、いつまでも残りつづける。

しかるに、湿地の泥土のうえに繁栄した関宿の町は、そのときどきの権力者によって気ままに流路を変えられる川のながれとともに、町そのものが歴史の教科書のページをめくったように消し去られてしまうのである。水田を背景にしてつくられてきた私たちの文化は、関宿にかぎらず、いつも時代とともに泥の中に巻きこまれて行く運命にあるのだろうか。

「オレは河原の枯れすすき」の歌は大正末期の虚無的な世相の反映だというが、その虚無は一時期のものではなくて、ずっと以前から、こういう泥の中にシミこんでいるものではないか。

外輪汽船の夢のあとをゆく

関宿城は、幕府が薩長の官軍に倒されると、早々に取りつぶされた。小なりといえども、江戸に直結した要害の地に、城砦があっては不都合だったからであろう。しかし明治十年に発足した内国通運会社（日通の前身）は、銚子と東京を利根川と江戸川で結んで、外輪式の汽船を通したから、関宿はまだ舟運の要路としての地位は失わなかった。

当時、この航路がどれほど重視されたかは、内国通運のあとを追って三菱の日本郵船が、これに眼をつけたというだけでもわかるだろう。世界の海を跨ぐＮＹＫの船が、こんなところで航路を争ったとは滑稽だが、当時の日本はまだその程度に小規模の国だったわけだろう。

ともあれ明治十年二月に石川島平野造船所で、本邦最初の民間外輪汽船として竣工した第一通運丸は、さながらミシシッピ河を上下するショーボートの如き英姿を、関宿の岸壁に横たえた。

全長七十二尺、型幅九・〇尺、型深四・五尺、斜置複筒単式二十馬力汽罐一基をそろえて、総トン数六〇トンであったというから堂々たるものだ。こんな船が最盛期には三十隻ほども、この航路を通ったというのである。

私たちも、その盛況をしのぶために、東関宿の対岸、境町から船を出し、利根川を下ってみることにした。もっとも、これは総トン数六〇トンなどという豪気なものではない。田舟に一馬力か二馬力かのヒッカケのエンジンを積んだ、まことに簡素な、どこでひっくりかえるやもしれぬ程度のものだ。

「大丈夫かね、途中でオダブツなんてことにならないかね」

グラリとゆれる船に足をかけながら訊くと、若い船頭さんは、

「さアね、大丈夫かどうか、行けるところまで行ってみるっぺ」

と、ひとごとみたいなこたえ方をする。——つまりは大丈夫ということなのだろうと解釈して、私たち総勢三人の客が乗りこむといっぱいになる舟に運命をゆだねることにした。

天気は上乗の秋晴れだが、川面を渡ってくる風はさすがに冷たい。船頭さんがサオを突っぱると、舟は岸をはなれ、直径一〇センチの玩具のようなスクリューがまわりはじめると、結構かなりのスピードで動き出した。

水の上を浮かびながら運ばれて行く、これはわが国では神武天皇の御東征以前からつたわる、いちばん古くて、いちばん夢見心地に誘われる旅である。

利根川をヒッケ・エンジンの田舟で下りながら、神武天皇を持出すのは大仰だなどと言ってもらいたくない。頼山陽も日本の地勢を論じるにあたって、開巻劈頭に、

「南北の送運は河に由り、東西の送運は海に由る、これ立国の大勢なり」

としているように、細長い島国の真ン中を背骨のように険しい山々がつらぬいているわが国の交通は、陸路よりも舟運の方からひらけた。造船や航海の技術は神功皇后の三韓征伐の例をみても当時からかなり進んでいたらしいのに、陸上の交通機関は明治になるまで乗馬の他には、カゴぐらいしかなかったのだから、ずいぶん近年まで神武天皇のころと大した違いはなかったわけだ。

あれほど昔からシナ大陸の文化の影響をうけながら、頼山陽の時代になっても、まだ馬車も人力車も使われていなかったのは、要するに私たちは、先祖代々、クルマにはよほど無関心で、それというのも地形が道路をつくるのには適していなかったからだろう。

その半面、川舟の航行技術やら、運河のつくり方などには、なかなか優秀なアイデアが発揮されたようである。

たとえば浦和市の郊外にのこっている通船堀というのは、利根川から流れる見沼代《みぬまだい》用水路と、荒川の支流芝川をつなぐ運河で、徳川期は勿論、大正の初期までは埼玉の米はこの運河をとおって東京にはこばれたというのだが、水位の違う芝川と用水路をいくつかの閘《こう》門《もん》で階段式に連絡させているのは、パナマ運河と同じ原理によるものだ。これが出来上ったのは享保十六年（一七三一）だから、パナマ運河よりは大分はやい。もっともアイデアはすぐれていても、規模や材質はパナマ運河とは比較にならない貧弱なものだから、いま見るとオワイ臭いただのドブ川にすぎなくなっているのだが……。

川舟は浅い底に乗りあげた

真上から照りつける秋の日ざしは暑すぎるくらいだが、川面をわたってくる風はヤケに冷たく、まるで湯と水風呂とに交互につかっているようなボンヤリした気分になる。私たちを乗せた舟は、ほとんど川幅いっぱいに拡がった水面を右に左に蛇行しながら進む。

両岸のところどころに、鉄道のマクラ木ほどの太さのクイが、クシの歯を立てたように突っ立っている。これが関宿の「棒出し」というものの名残りなのだろうか。……「棒出し」という言葉そのものに、なんとなくユカイなひびきがあるが、これも徳川中期の河川工学者の考案の一つであって、利根川からひいた江戸川の水を、利根川四、江戸川六の割合に振分けるための工夫であると、ものの本に書いてある。両岸に数千本のクイを打って、川の水の少なくなったときには、このクイの列を前へ出し川幅を狭くして船を通しやすくしたというから、つまり水の流量調節と護岸の役を兼ねたものなのだろう。

川の水がふえたり、へったりするたびに、クイを打ったり、引きぬいたりするのは、さぞ厄介なことだったろうが、この考案の発想には、食事のたびに新しいワリバシをおろしてつかう日本人の美意識と結びついた、一種の合理主義が感じられるではないか。

白サギがいっぱいいる。棒クイの上にも、川の上にも……。最初にサギを見かけたときは、一羽か二羽がまぎれこんで、こんなところにやって来たのかと、あわててカメラを向けたりしたが、じつは意外にたくさんいて、なかには白い大きな翼をひろげながら、ひとの顔をかすめるほど低空飛行をして行くのもある。そんなとき両岸の堤防ちかくまで満々と水をたたえたこの川が、一層ひろびろとしたものに見えてくる。

それにしても、この舟は何だって、こうヨタヨタと右左の岸辺に片よって進むのだろう。もっと落着いて、川のまん中を通ればいいではないか。舵でもこわれているのだろうか……。しかし、その本当の理由は間もなくわかった。

ガリガリッとイヤな音をたてると平らな舟底が持上げられて、船頭さんはあわてて、

「いけねえ」

と悲鳴を発しながら、玩具のようなスクリューをつけたヒッカケのエンジンを、舟の上に引上げた。おどろいたことに吃水のほとんどない、まるで板切れ一枚のようなこの舟が、川底の上に乗上げてしまっている。ガリガリと聞えたのは、直径一〇センチもなさそうなスクリューが川底の砂を噛んだ音なのである。

川が土色に見えたのは、水が泥で濁っているせいではなくて、川があまりに浅くて底の土の色が、そのまま透けて見えるからだ。メダカかフナの子か、小さな糸屑みたいな魚が川底の泥の合間をくぐりぬけながら、一列になって泳いでいるのがハッキリ見える。

「これじゃ、利根川は川じゃなくって水溜りみたいなもんだな。橋がなくなっても、歩いてだって渡れそうだ」

と、同行の伊藤画伯が言いおわらないうちに、ズボンの裾をまくり上げた船頭さんは、

水の上に飛下りると、実際にジャブジャブと舟を引っぱって川の中を歩き出した。……大丈夫だろうか、浅いといったって、かつては総トン数六〇トン、両側に水車式の推進機をつけた鉄甲蒸気船がかよった川だ。いつ、どこに、どんなに深い淵がないともかぎらない。岸までは近いところでも一〇〇メートルはありそうだ。

しかし、いかにも無頓着に、まるで田ンぼのアゼ道を牛でも引っぱるように、舟のトモ綱を背中に掛けて歩いて行く船頭さんを見ていると、こんな心配をするのが馬鹿ばかしくなった。まったくのところ、どこまで行っても川底は、深いところでせいぜい船頭さんの膝頭を濡らす程度、浅いところはやっとクルブシが隠れるぐらいしかない。

向う岸でシュンセツ船が川床の泥を吸上げていたが、その船の船員たちもフクラハギくらいの深さしかない川の中で、シュンセツ用の鉄管の修理をやっている。

「ここは、ふだんは河原の草原か何かで、いつもは水の流れていないところなのかな」

と訊くと、船頭さんは、

「そういったもンでも、ねえンだけンど、ねえ……」

と、いやに語尾をひっぱりながら、すこぶる不機嫌げにこたえた。それはそうだろう、誰だって生れたときから毎日なじんだ川の底に、わざと自分の舟をつっかえさせる奴はいない。なるべく深いところ、通りやすそうなところをえらんで、右左に舟をよせながら、やっぱり浅瀬に乗上げたというわけだ。

ここに大河の豊かさはない

利根川の川床は、どうして、いつの間にこんなに浅くなったのか――？

それは洪水のあるたびに、ただヤタラに堤防を高くして行くからだ、堤防はいくら高くしても上流から流れ落ちてくる土砂で川床が高くなるから役に立たない、むしろ堤防を高くすればするほど、川床も持上って、いたるところに天井川（地表より水面の高くなっている川）を生じるから、洪水のときの危険は大きくなるばかりだ、本当に洪水をなくそうと思ったら、上流の地点にダムをつくって、川水の流量そのものの調節をはかるべきだ――というのは徳田球一の説である。

このことを建設省のお役人に問いただすと、十人が十人、そんなことはないと、まっこうから否定して、

「むしろ、ここのところジャリの乱掘やなにかで川の底が深くなりすぎて、水が流れなくってこまるんです」

とこたえていた。お役人ばかりでなく、河川工学の専門家、たとえば東大の高橋裕助教

授のような人に、徳球の堤防無用論のことを訊いてみても、

「さア、どういうもんでしょうかね」

と頭をかしげるし、利根川治水の本も何冊か読んでみたが、徳球の言うようなことを述べたものは一冊もない。してみると徳球説は、やはりシロウトの浅知恵なのだろうか……。にもかかわらず私は、この徳球説も棄てきれない気がするのである。高橋助教授が頭をひねるのは学者としてあんまりウカツなことを言えないという当然の警戒心からだろうが、お役人の「ジャリを取りすぎて、川が深くなり、水が流れなくてこまる」というのは、なんだか「川は浅く流れるべきだ」と言っているみたいでヘンではないか。

なるほど、ジャリをやたらに掘りかえして持って行くのは、川のためによくないことだろう。けれども、このことは徳球説の反論には全然ならない。徳球は、上流からながれてくる土砂が川床を高くして行くのに、堤防ではこれを防ぐことは出来ない、その処置を一体どうすべきかと言っているのである。

じつのところ、私も利根川の堤防を高くするのには反対なのだが、これはべつに科学的な根拠からではなく、堤防が高すぎると川が平地から眺められなくなってツマラないからである。いまの利根川には森や野原を横切って流れる平野の川らしい豊かさが少しもない。畑の向う側にノッペリした高い土堤がつらなっていて、「あれが利根川だ」といわれても、

そこには単なる治水対策上の〝水〟が無味乾燥に存在しているばかりで、川が流れているという感じがまるでしない。

建設省の役人が、利根川の川底が深くなるのを心配するのは、じつは下流一帯の農地に塩害があらわれ、目下その対策が一番問題になっているからだろう。つまり、川が深くなって流れないと下流の水の塩分がますます濃くなるというわけだ。たしかに堤防を高くし、川底を高くすれば、河口から海水が逆流してくる率は少なくなるだろう。けれども下流の川床を持上げれば、それだけ川の流れは遅くなるではないか？

徳球案は実現不可能の理想案かもしれないが、利根川水系全般を大摑みにして合理的な改革プランを示していると思う。

古利根川

いつか世界中の水田地帯を全部歩いてみたい——と、ときどきそんな空想的な念願にかりたてられることがある。別に、これといった理由はない。ただ、水田というものも土地土地によって、いろんなつくり方があるだろうし、それをその土地の人の気質や暮らしや顔つきなどと照し合わせて眺めてみたら、おもしろかろうと思うだけである。

カッパの正体はゲリラか？

アメリカ南部にいたころ、私はミシシッピ河ぞいの農場へ連れて行かれ、茫漠とした広野を古自動車でひっぱりまわされたことがあるが、河の氾濫で出来た沼地に、野生とおぼしい植物を指して、案内人が、

「ライス・フィールド!」

と言ったのには驚いた。ライス・フィールドとは水田のことだろうが、そう言われても私は、しばらく眼の前の湿地帯に生い茂った植物を「米のなる木」だとは信じられなかった。キチンとした線で方形や円に区分けられ、夏は緑の、秋は黄色の、幾何学模様のジュウタンのような人工美をひろげて見せるのが私たちにとっての水田であるが、このライス・フィールドというのは、つまり水稲のジャングルなのだ。いや、それは稲というより、アシか、ススキのようなものにしか見えなかった。

これがアメリカ式の米作だとはいちがいには言えない。西部の日系人の多いところへ行けば、また別の作り方をしているのかもしれない。しかし、ことによると水田というのは、元来こういう〝ライス・フィールド〟式のものではないか、という気もした。

私は、関東平野に水田がひらかれたのは、いつごろのことなのか、それはどんなものであったのか、一向にわきまえない。とにかく徳川家康が天正十八年(一五九〇)、秀吉から関東八州をあたえられて江戸に移ることになったとき、家臣の多くは「関東八州は広くとも不毛の地であり、駿河、三河、遠江などの沃野から、こんなところへ移るのは得策でない」と反対したという。

そのころの利根川は乱流変流をきわめ、現在の江戸川と荒川とにはさまれた幅約三〇キロメートル、長さ約五〇キロメートルにおよぶ広大な沼沢湿原地帯を、でたらめに流れており、その中に大宮台地だけが島のようにポッンと浮かんでいたというから、おおかた私の眺めたミシシッピ河流域の沼沢地帯と似たようなものだったのだろう。

四百年前でさえ、そうだとすると、六百年まえ、千年まえの関東平野というのは、海と陸とが入り乱れ、北、西、南、三方の山岳地帯から流れこむ大小無数の川が、雨の降るたびに流路をかえ、乱交しながら、ダダッぴろい平野をのたうちまわって、あたり一面、沼と泥の海にしていたにちがいない。そして、そこには平将門などという水陸両棲動物みたいな豪族が勢力をはって、関西地方から派遣されてくる支配者やら、近代装備の軍勢やらに抵抗し、さながらベトコンのゲリラのごとき活躍を示したのであろう。

水陸両棲動物といえば、カッパというのもただの空想上の類人動物ではなくて、じつはそうした半湿地帯の原野で、平和なときには原始的な農作やら漁業やらに従事していた土着の武装農民のことなのではなかろうか。彼等が将門の指揮下にあったかどうかはともかく、カッパがこの地方の農民ゲリラであったことは想像できる。

「将門の水軍」などといっても、小さな舟を並べて沼や川を渡り歩き、敵前上陸、敵前渡河を得意とする陸戦隊程度のものであっただろうし、そういう作戦をもちいたのは何も将門の軍隊だけではあるまい。おそらくは、このあたりの農民兵なら誰でもが、水に潜って敵を刺したり、アシやマコモの茂みから、いきなり襲いかかったりするのは、お手のものだったにちがいない。

ヤマトタケルノミコト以来、この地方を平定に来た関西からの遠征軍は、要地だけはおさえたろうが、その勢力の及ぶ範囲は限られていただろうし、やがて時代とともに全地域を制圧してからも、夜間ひとりで便所に立ったりすると、このカッパのゲリラ兵にお尻を撫でられてみたり、さまざまの不覚を取ったであろう。そして東征の正規軍は敵の正体が何者であるかもわからぬままに、その変幻自在、かつ奇抜なテロリズムに、数百年か、それ以上の長期にわたって悩まされつづけたにちがいなく、復員後はその活躍ぶりを、おもしろオカシく故郷の人たちにつたえたであろう。かくてカッパの伝説は日本全国、津々浦々に拡まった……。

利根川のカッパについて『利根川図志』には、

「カッパといふもの、本草綱目の水虎（渓鬼虫附録）なりといへども、正しく当れりとも見えず」

とある。そして「利根川にはネネコというカッパが住んでいて、年々その居場所が変るが、土地の人びとだけはそのカッパの転居先を知っている、しかし土地の人びとでもカッパからは害をうけている」と、カッパにシテやられた話がたくさんあること、カッパに嚙まれたらスイカズラの花を煎じて飲めばよくきく、などといったことを述べている。

　これによると、どうやら赤松宗旦はカッパを人間とスッポンの合の子みたいなものと考えていたらしい。勿論、宗旦自身はカッパに出会ったこともないし、その実在をたしかめてもいない。しかし後の小川芋銭《うせん》などとちがって、宗旦は必ずしもカッパを浮世ばなれした架空のものとは考えていなかったようだ。つまり芋銭のカッパは愛嬌のある東洋的な〝妖精〟であるのにくらべて、宗旦のカッパにはそういうオドケたところはなく、もっと薄気味悪げな実在感がこもっている。

　関東地方がどうなっていたかは、国造《くにのみやつこ》、県主《あがたぬし》がおかれ、国分寺、国分尼寺が建てられた奈良朝時代までのことは一応わかるが、その後の平安から戦国時代までのことは、かえってどうもアイマイモコたるものであり、それがようやくハッキリしてくるのは、家康の江戸入城以後のようだ。

　家康の関東領有に重臣の大半が反対したなかで、のちの関東郡代・伊奈備前守忠次だけは、「利根川を改修して、北方から太平洋へ注ぐようにすれば、関東は一大沃野となるだろう」と、移転を主張したという（柳瀬至康『大利根物語』）。

　忠次は、その姓のとおり信州伊奈（伊那）の人だが、少年のころ浪人した父親につれられて堺に出て、そこで二十年あまり暮らしたというから、普通のサムライとちがって商売も知っており、農業にもくわしかったのだろう。それで関東平野の地形をながめ、「この湿地帯を改修すれば、絶好のライス・フィールドになる」と、見透したのであろう。

クワとモッコと労力の成果

家康は忠次の意見をいれて、文禄三年（一五九四）から利根川のツケかえにかかったが、工事の全体が完成したのは六十年後の承応三年（一六五四）で、無論そのころは家康も忠次もとっくに亡くなって、将軍は四代目の家綱、関東郡代もやはり四代目の忠克になっていた。

工事は、まず会の川のシメキリからはじまった。そのシメキリ個所はいまの埼玉県羽生市川俣で、当時の利根川は川俣でふたつに分れ、南に流れて東京湾に注ぐのを会の川、東へ流れて渡良瀬川の下流につながり銚子の方へ行くのを合（または間）の川と呼んだ。

それまで合の川は小さな支流にすぎなかったのだが、以後は利根の本流がその小さな川を東北に向かって流れはじめることになる。――川俣から三キロばかり上流に見沼代用水路の取入れ口があるが、こんど利根川の水を東京都の水道に引く武蔵水路も同じところに取入れ口をもうけたから、その水はほぼ元来の利根川ぞいに東京へ流れてくるといっていいだろう。

会の川をシメ切ったのは、何よりも荒川と利根川にはさまれた忍城（現行田市）を水害からまもるためだが、隅田川につながっていた利根川をそのままにしておいては、家康居城の江戸城も水攻めにあう危険があったからだろう。

いま考えれば、この利根川のツケかえは地形を無視した乱暴なものであり、その後の利根川治水の困難は直接間接に、すべてこの無理なツケかえが原因になっているといえるかもしれない。そうだとすれば戦乱期にあわててやった仕事が、四百年後の現代にまで被害を及ぼしていることになる。

全長三二二キロにおよぶ利根川を、ちょうど真ン中あたりから人為的に切りかえたのでは、洪水の頻発することは勿論、水の流れにそれだけの力がないから、河口から海水が逆流してきたりもするのであろう。

それにしても、これだけの大工事をクワとモッコと人間の労力だけで、六十年かかってやりとげたということ自体には、やはり驚かざるを得ない。

これには勿論、江戸幕府の苛酷な政策があったからで、とくに外様の諸大名に課した普請役は軍役よりもきびしく、工事そのものもさることながら、それによって諸大名の財力を弱めることも目的の一つだったのは周知のとおりである。

工事は新しい川を掘って別の川の下流や沼につなぐだけではなく、湿地を田畑につくりかえたり、河口をひろげたり、堤防を築いたり、用水路、排水路をつくったり、要するに関東平野全般の大開発が、この六十年間にいっぺんに行われたわけだ。そのために、一体どれだけの人力を利根川流域一帯につぎこんだものか、くわしいことはわからないが、機械力のない当時のことだから、現在の何十倍、何百倍の人数を要したことはまちがいない。

そして全国から招集されてきた人足は、あたり一面をシラミつぶしに歩きまわったにちがいない。

おそらく、その期間に利根川のカッパは、雑多な人足の間にマギレこんだり、川や海づたいに逃げ出したりして、一ぴき残らず消え失せてしまったのであろう。

柴又

このごろ、東京の周辺には、ちょっと遊びに行くところ、ブラッと出かけて半日ぐらいノンビリして来られるようなところがたしかに少なくなかった。

この半年ばかり利根川のあちこちを歩いてみて、案外にも面白かったのは浦安から船で江戸川を三時間ばかりかけて上り、矢切《やぎり》の渡し場で船を下りて、河原で弁当を食い、柴又《しばまた》から都心へ引返してくるコースであった。

平凡な風景を楽しむ舟遊び

船をやとうのが、すこし厄介で金もかかるかもしれないが、なまじっか芦ノ湖あたりまで出かけて、金切り声のレコードの音に悩まされながら遊覧船に乗込むよりは、ただの和船を借りて、空や岸辺の堤を眺めながらボンヤリした時間を過ごす方がよほどマシであり、箱根のドライブ・ウエーで車のラッシュににっちもさっちも行かなくなるよりは、はるかにマシである。

もっとも川の上はいつも相当に冷たいから、十一月も半ば過ぎては、よほどお天気の良い日でないと、この行楽は寒過ぎてかえって難行苦行になりかねないが、季節と天候のよいときなら、この江戸川の舟遊びという時代遅れのレジャーは、ちょっとした思いがけない愉しさが得られるはずである。

まわりの眺めは、何といって取り立てて言うほどのものがあるのではない。まず浦安の河口のあたりで、漁師が網でアサリか何かの貝でも獲っているのが、めずらしいと言えば言える程度のものだ。あとは川幅が広くなったり狭くなったりする川を、ゆっくりと遡って行くうちに、工場や、人家や、野原が見えてくる。土堤の草原があると、そこでは昼休みの職工さんたちがキャッチ・ボールをやっている、アベックがいる、魚釣りの人がいる、赤ん坊をおぶった若い母親がいる。

眺められるのは、そんな日常茶飯のごく平凡なものばかりである。けれども、ふだん見慣れたそういうものこそ、このちょっと変った角度の視点からは、一番目新しく、新鮮な印象をあたえられる。……流れて行く舟から見上げると、鉄橋を通る電車でさえ、少年のころの夢を呼び起されるだろう。

まえにも述べたことだが私は、幼年の一時期を小岩や市川ですごした。まだ小学校へも行かぬ年ごろだったから、めったなことでは子供同士で川へ遊びに行くことなど許されなかったはずなのに、国府台《こうのだい》の松林が見えてきたりすると、昔、近所の子供とチャンバラごっこをやったのは、あのへんではなかったかという気がしてくるのは、川の流れが自然に意識の流れを遡らせてしまう作用をするのだろうか。

あのころ私の家の大家のSさんは、退役の陸軍大尉で毎日、江戸川へ釣りに出掛けていた。となりの家には野田の醤油工場につとめている人が住んでいて、私はその人に連れられてカフェーみたいな所に入り、ハヤシライスを食べさせてもらった。国府台では兵隊サンがラッパを吹いて演習していた。ああ、これは、いまの私の生活とは何とカケはなれていることか……。

これは愚にもつかぬ感傷である。しかし、こういう愚にもつかぬことは、たとえば国府台は太田道灌の城跡で、いま江戸川にのぞんで切立った台地は、その城の外郭であった、といった故事来歴よりも一層強く私の胸に迫ってくるのだから仕方がない。私だって、国電で市川駅を通り過ぎるときには、決してこんな感傷をもよおしたりはしないのである。

実際、人の感情と川との結びつきは、もうすこし真剣に考えられてもいいのではないだろうか。隅田川の汚染の問題にしても、私はそこにバイキンがどれほどいるとか、魚が死ぬとかいったことより、そこに住む人間を内面から蝕んでくるものがあるように思われてならない。ここ数年来、政治家の口からよく「愛国心」のことをきくが、そんなことを言うヒマに、なぜこの川一つでもキレイにして見せないのだろう。

隅田川の水をキレイにすることは、そんなに簡単ではないかもしれない。しかし隅田川の汚染は必ずや、どれほどか東京都民の人心を頽廃させずにはおかないはずだし、これを放っておくのは政治の頽廃に他ならないだろう。

鉄筋五階建の川魚料理の店

草津から流れて利根川に合流する吾妻川《あがつま》には昔から硫酸が多量にふくまれており、そのため魚は一ぴきもいなかった、コンクリートさえ腐蝕させてしまうから、最近まではダムも橋もつくれなかった。それが上流に莫大な費用を投じた中和工場をもうけたことで、ダムも出来たし、魚も棲めるようになった。——これはつまり、金さえかければ何でも出来るというタトエ話のようである。実際、その中和施設の費用は主に電力会社が負担しており、下流のダムでえられる電力がその費用をカバーしているときくと、まったく何でもない話に聞える。

しかし石灰で硫酸が中和できることなど、何十年もまえからわかりきったことであり、ダムで電力が出来れば、その電力を売った金で中和工場も運営できることも、誰だって考えつくはずのことで、とくに大発明というほどのことでもないのに、なぜ最近までそれが出来なかったのか？　要するに、やろうとする人がいなかったためである。

私はこの話を、当の計画の立案者であり、実行者である落合林吉氏から聞かせてもらううちに、ふと落合氏が魚釣りのことを話しはじめると、急にその相好がくずれてしまったのを愉快におもった。

原理的には、たしかに石灰で硫酸を中和させられるし、計画はウマく行くはずであった。しかし自然に流れている川には、何か人間の考えおよばぬところに見落しがないとはいえない。やって見るまでは、その結果がどう出るか本当のところは落合氏にもわからない――。莫大の費用をかけた中和工場が完成し、その下流に巨大なダムが出来ることになって、しばらくの間は、びくびくしながら成り行きを見まもったというのは、落合氏としては当然のことだったろう。

「しかしね、ある日、川へ行きましてね、岸の石をひっくりかえしてみますと、ちゃんとムシがいるんですよ。魚のエサにつかうムシがね……。これで、わたしもホッとしましたね。まえの吾妻川にはこんなムシはいなかったんですから」

本当のところ、私には吾妻川の計画が成功しているのか、いないのか、専門的な知識がないのだから、わかりっこない。しかし、この計画には、川釣りの好きな人が川を眺めている眼がはたらいていることはたしかであり、川に愛情があってやったことなら、それがまったくの失敗におわることはないはずである。

隅田川のまわりには、こういう落合氏のような釣りの好きな政治家は誰もいないのだろうか。

江戸川を上って、松戸のあたりにかかると、川からながめる景色もだいぶ田舎びてくる。河原がひろくなり、ススキが生い茂って、川幅は狭くなる。本当はもっと川上へのぼって行きたいのだが、セキがあって舟が進められないというので、左岸の船着場で舟を下りた。ここが「矢切の渡し」である。

私は知らなかったが、矢切村というのは伊藤左千夫の住んでいたところだそうだ。『野菊の墓』の風景はこのへんを描写したのだろう。そういえば渡し場のまわりには、それらしい感じが残っている。……しかし、土堤を上って柴又の方を見ると、これはもう全然、野菊の墓どころではなくなる。

まず、眼の前に鉄筋コンクリート五階建の四角いビルが立ちふさがって、これが川魚料理の店だときかされても、ピンとこない。何年かまえに私は、友人たちとこの柴又の同じ名前の店へ一度来たことがあり、そのときにはまだこんなふうな建物にはなっていなかった。あれは、たしか四月ごろだったと思うのだが、店の構えは大きいのに泥臭い庭からヤブ蚊がぶんぶんとんできて、カバ焼のウナギの皿の上にとまったことを憶えている。

そのときはこの店が江戸川から、こんなに近いところにあるとは思ってもみなかった。しかし、大正のころには、ここの座敷は土堤の内側にあって、江戸川の流れにのぞんでいたというから、川魚料理も釣った魚をすぐ食うような感じがしただろう。

そのころは、例のショーボート型の通運丸が外輪に水シブキを上げて、この川を上下し、すぐそばを通る帆掛舟の白帆の影が座敷にうつるほどだったというような話は、私にはもはや夢物語である。

隅田川

「隅田川で魚が釣れた」

新聞をひらいたら、こんなミダシの記事が眼についた。川というより巨大な腐臭のドブ泥だった隅田川が、ここのところだいぶキレイになった。それというのも、この一年ばかり、沿岸の工場で操業を短縮したり、停止したりするものが続出したため、川に汚水が流れこまなくなったからだという。つまり不景気が、そこまでヒドくなったというわけだ——。そこで、不景気のためであれ、何であれ、ひとつ隅田川も見てこよう、ということになった。

勿論、いまの隅田川を利根川の支流とするわけには行かない。しかし隅田川が元来、利根川の下流の本流であったことは、これまで何度も述べたとおりだし、いまも利根川の水はいくつかの運河や用水路などで隅田川につながっていることからも、この二つの川を別のものとは考えられない。

隅田川の上流は荒川で、そのまた上へ遡れば秩父長瀞《ながとろ》から、甲斐・武蔵・信濃の境界になっている甲武信《こぶし》岳に達する。その山頂から東北へ約二〇〇メートル下った真ノ沢とよばれる谷が荒川の源流だと言われている。しかし今回はとてもそんな所までは行けない。せいぜい都内の東北、赤羽の北寄りの岩淵水門から先へ、どれくらい進められるかという程度である。

水も空気も腐ってしまった

芝金杉の舟宿から出た舟は、芝浦の沖から隅田川の河口に入る。左手に東京中央市場、つまり魚河岸を見ながら勝鬨橋《かちどきばし》の下をくぐりぬける。私は一瞬、ほっと溜息のようなものが出た。——つかぬことだが、私は学生のころ一学期、築地小田原町に部屋を借りて住んでいた。東京に家があるのに、わざわざそんな所で下宿暮らしをしたのは、要するに隅田川の見えるところに一度は住んでみたかったのである。それは子供のころからのユメだった。

小学校五年の時分に、私は渋谷から青山まで市電（都電）で通学していたが、あるとき一人で、この築地両国行の電車の終点まで、わざと乗り過ごしてみたことがある。もともと学校がキライで、ズル休みもずいぶんしたが、これはそのなかでも最大の冒険旅行であった。

終点まで行ったところで、何をするアテもない。また同じ線の電車に乗って、もとのところへ戻って行くだけのはなしだが、両国に着いて眼の前にネズミ色をした隅田川の流れを見たときの感激は、まことに圧倒的であった。国技館の菊人形だのスモウだのには、それまでにも何度か連れて来られたことがあるから、決して初めての景色ではないはずだが、こうやって一人でやって来るまで、ここにこんなに大きな川が流れているとは気がつかなかった。

どぼん、どぼん、と重たげな水が、どこかナマぐさい臭いをたてながら、ゆっくりと漂い流れるありさまを、私はしばらくアッ気にとられて眺め入っていた。……そのアコガレを私は大学予科生になったとき、魚河岸の向かいの路地奥の汚い二階家の下宿住いで満たした。

勝鬨橋から眺める隅田川は、両国で見るよりも一層大きく、下流はほとんど海であり、上流の方を振りかえると、倉庫の並んだ岸壁にもやった船の帆柱の合い間から、銀灰色の川が視界の果てまで続いているのが見える。そんな景色を、当時の私は一日に何回となく眺めて過ごした。

兵隊から帰ったときにも、私は何の用事もないのに、一日このあたりをウロついて、橋の上から空襲で見る影もなく変りはてた東京の街並みを眺めながら、川だけが昔のままに流れているのを、まさに「国破れて山河あり」だと思った。

実際、あの当時の東京で堂々と都会の表情を崩さなかったのは隅田川だけである。舟宿の船頭さんにきいても、隅田川が川らしく流れたのはあの頃の一、二年だったという。

「なにしろ工場の煙突でケムの出ているのは一本もなかったし、こわれた水道の鉄管からキレイな水が川へ流れこんでましたから――」

そのころ両国あたりで白魚がとれたという話も、よく聞く。もっとも隅田川そだちの伊藤画伯にきくと、「そいつは眉ツバだね」と、おっしゃる。

「隅田川に白魚がいたって話は、ぼくの親父の時代のことだよ。ぼくがものごころついた明治の末期の隅田川には、もう白魚なんていやしなかったもの――」

とにかく敗戦で一時キレイになっていた川の水が朝鮮戦争の起るころには、戦前並みに濁りはじめ、やがてマタタく間にメタンガスだらけのドブ川に変った。いまや隅田川の汚染は、水がよごれたというより、川底から両岸の土地、上空の空気をふくめて、川全体のあらゆるものが腐り切った状態である。

その最大の原因は、誰もが知っているように、工場の廃液が川に流れこむことだ。またゴミだのネコの死骸だの、ありとあらゆる汚物が放りこまれるからでもある。これは要するに公徳心の問題だが、河川工法の上からも隅田川は流れが鈍くなっていることがあるらしい。

川の水量が少ないこともその一つだが、もう一つ、河口に大きな東京港をつくって、河口と海との間に障壁が出来てしまったことも川の流勢を削ぐ結果になったという説もある。――くわしいことは私にはわからないが、もともと川は水を河口へ運んでくるだけの力しかないものとすれば、その先にむやみに埋立地だの埠頭だのが出来て、河口から海までの距離が長くなれば、そのぶんだけ水が流れにくくなることはたしかだろう。

自然の地勢を無視して、東京湾にそそいでいた利根川を中流からネジ曲げて、はるかに遠く銚子の沖へ流したムリが、ここでもまたタタッているともいえる。

ところで、築地から浜町、蔵前、白鬚《しらひげ》のあたりまでは、たしかに川の水も以前ほどにはよごれていなかった。なるほど昨今の不景気で、沿岸の工場のなかに二割から五割の操業短縮をやりだしたということが、こんなかたちで現れるのかと、あらためて感心させられる。無論、決してキレイとは言えないが、それでも見たところ昭和十五、六年ごろへもどった感じである。

右手は江東のゼロ・メートル地帯で高いコンクリートの岸壁にさえぎられているから、ほとんど何も見えないが、左手は聖路加病院の塔やら、料亭の座敷、松屋デパートなどが、水をへだてて流れ流れに見えかくれするのは、セーヌの岸辺にノートルダム寺院を眺めるほどのことはなくとも、それなりに面白い。

真黒な濁水でボートの練習

しかし、それにしても川岸にどうしてこうも倉庫みたいなものばかりを並べて建てたのだろう。日本人は家の尻を川の方へ向けてつくるといわれているが、これはやはりわれわれの祖先が南方系の民族で、便所を川の上につくる習慣でもあって、その性癖が現代に及んでいるのかもしれない……。川が通運に便利だといっても、これではせっかくの川の景色がもったいないではないか。どうして、もっと土地を広くとって散歩道なり公園なりにしないのか。

白鬚橋をすぎると、両岸の景色はがぜん、殺風景になる。工場と倉庫がビッシリと立ちふさがって、他には何も見えなくなってしまうのである。水の上にはプカリプカリと木切れやら、何やら、エタイの知れぬものが浮かび、メタンガスの臭いが急に強くなる。

千住大橋、尾竹橋と、上流に進むにしたがって、いよいよ〝死の川〟のおもむきが濃くなってきた。製紙工場、化学工場、鉄工場、ビール工場、煙突がニョキニョキ立ち、ぐゎらんぐゎらんと、物すごい音がひびき、メタンガスに混じって、金属の焦げる臭いや、甘酸っぱい薬の臭い、材木の臭い、油脂の臭い、さまざまの臭いが次々と襲ってくる。……俯向いて鼻を押さえていたら何という橋か、橋をくぐろうとすると、頭の上からピシャリと冷たいシズクが落ちた。見上げると橋ゲタの下を下水管が通っており、そのツギ目から汚水がタラタラ垂れている。もうこうなると、これは川というよりフタのない下水道である。しかも、これは流れていない下水の溜りだ。

浮遊物はコールタール色の泥沼のような水の上に浮かんだままピタリと停止して、風が吹いても漂うことさえしないのである。

水が汚濁するから流れないのか、流れないから汚濁するのか、これはどっちともわかりようがない。下流の水が比較的キレイに見えたのも、要するにそれは河口から上げ潮の海水が入って来て、そのぶんだけ汚水が薄められているだけではないか。そうなると、隅田川はもはや川というよりゴミに埋まった入江である。

それでも大小さまざまの船の往来はなかなかさかんだ。石油会社のマークをつけた鉄甲船はタンカーだろう。大きな材木をイカダに組んで二〇〇メートルも三〇〇メートルもの長さに引っぱって行くのもある。かと思うと向うから甲板いっぱいにゴミの山を満載した荷足船《にたりぶね》が、何隻も列をつくって悠々と下ってくる。汚いといえば汚いが、イカダの上で日向ボッコをしながら寝そべって本を読んでいたりする若いイカダ乗りの姿など、陸地の運送屋さんには見られないノンビリした眺めである。

金杉を出てから二時間ばかりたったころ、ようやく岩淵水門が見えてきた。土堤には少し青い草も見えるのは、荒川放水路が近いせいだろう。水門から流れこんでくる水で、すこしはこちらの川の汚濁の濃度も薄くなる。しかし、それはほんのしばらくの間だった。水門を右手に見て過ぎると、また大工場であり、ネトネトの真黒な水であり、鼻の曲りそうな悪臭である。どこまで行っても同じことだ。

私は、いまさらのように東京の工場地帯の厖大さに驚いた。地図ではかると、すでに白鬚橋からここまでの距離は、河口から白鬚までのそれの倍近くもありそうだ。その間、両岸はほとんど工場でうずめつくされているのである。……はじめ私は、工場の廃液や汚水が、どんなふうに川へ流れこんでくるかを見届けたいと思っていたのだが、こうたくさんの工場が見渡すかぎりギッシリと並んでいては、どこの工場から何が流されているのか、とても川を舟で通ったくらいでは見当がつかない。

これをアジア唯一の先進工業国のエネルギーといえば言えるのかもしれない。しかし

「アジア」と「先進」との結びつきが、こんな具合に現れることは、何とも不幸なことではないか。

それにしても驚いたのは、この汚物集積場のような川で、ボートレースの練習がさかん
に行われていたことだ。エイト、フォア、スカール。大学のユニフォームを着ているもの、
会社の社名を胸につけたクルー、数えきれないほどのボートの中には女子だけのクルーも
何組かあり、男たちのボートに混じって、

「気ニシナイ、気ニシナイ」

と掛声も勇ましく、オールの先に真黒な水をハネ飛ばしていた。

荒川放水路

岩淵水門を過ぎ、新荒川大橋の下をくぐって、しばらく直線コースをたどった舟は、やがて右手からUの字なりに突出した浮間《うきま》町にそって湾曲しながら進む。ここにいたって川は、もはや流れていないどころか、コールタール色をした全然の泥沼となってしまう。上天気のはずの空が薄黄色く濁って重く垂れ下がり、川岸には相変らず要塞のように陰うつな工場の壁がそそり立って、いいようもない悪臭が一層濃厚になってくる。

船頭さんは、しきりにスクリューに粘りつく泥を気にして、何度もエンジンを止めた。うっかり無理なことをして泥の中へつっこむと、買い立ての百六十馬力のエンジンが台ナシになってしまうからである。

〝放臭路〟の役も果している

川が一番汚れているのは、この湾曲部から新河岸川《しんがし》へかかるところ、左手にインキ工場の見えるあたりで、それを過ぎて新河岸川の中流へ出れば、ずっとキレイになると聞かされていたが、この調子では湾曲部を通りぬけることは、どうやらムツカシそうだ……。Uの字の、ちょうど最底辺にあたるあたりで川幅がグンと広くなったが、それに反比例して底は浅くなるらしく、水の表面を斜めから見ると、かすかにウワ澄みの水が一センチばかり淀んでいるのが見える。スクリューを止めて、竿を使っていた船頭さんが、

「こりゃ、いけねえ」

と悲鳴を上げた。すぐ前に、私たちの乗っているのと同じぐらいの大きさの舟が一隻、舟底を泥土にノシ上げたのだろう、川の真ン中で半分泥に埋まったように停っている。われわれの舟も、これ以上進めず、同じ目にあうことは必定であろう。アキラメて、引返すことにした。

腹がへった。芝金杉まで引返すには、また二時間はかかる。舟には弁当も茶も用意してあるが、なにせ汚物の上に乗っかった状態では、さすがの私もメシを食う気にはなれない。

いったん岩淵まで戻って、水門から荒川放水路へ出てみることにする。

荒川放水路は勿論、隅田川を氾濫させないために、ここで水を分けて北千住の北側から小菅《こすげ》の東をぬけ、中川と並行しながら東京湾へそそぐものだ。しかし、いまの私たちにとって、これは放水路ではなく、放臭路である……。水門のトンネルをくぐりぬけるとたんに、爽やかな風が頬をなでて、つきまとっていた濃密な臭気を払いのけてくれた。無論、川の水も、ずっと水らしくなる。といっても、これはあくまで隅田川に較べての話で、やはりここも臭いことは臭いし、

「こんなところじゃ、魚は住めませんよ」

と、船頭さんが断言する程度に汚れてはいるのだが……。とにかく川岸の低地の標高は、この放水路のできた大正十年ごろでさえ、赤羽（岩淵）で三メートル、北千住、小菅で二メートルばかりしかなく、それを長さ約二〇キロの曲りくねった水路にかけて流そうというのだから、放水力は当初から微弱であると思われていたらしい。

それでも放水路の水は、なんとか流れてはいるし、弁当のメシがのどを通らないほど臭くもない。ということは、つまり放水の役目をいくらかは果しているということであろう。浅草蔵前の生れで、ポンポン蒸気の汽船会社社長の息子さんである伊藤画伯の話では、放水路の出来るまで毎年のように隅田川の水があふれ、川を流されてくる人家が両国橋の橋

ゲタにひっかかって、水の上でクルクル回ったりする光景を憶えておられると言う。そして、隅田川の水量がへって、水が汚くなり出したのも、この放水路ができてからのことである由。そうでなくとも水位の低かった隅田川・荒川の地盤は、年々沈下して行く一方だから、上流から余程勢いよく押流されてこないかぎり、川の水の流れる力は全然ないわけだ。

荒川も、もとは利根川の下流につながって流れていたのであるが、利根川を東へツケかえたとき、熊谷から南へ新川を掘って、荒川の水を入間川の一支流にすぎない吉野川へ流しこんだ。もともと入間川の水を入れるだけの河道に大きな荒川の水が全部注ぎこまれたのだから、この川が頻繁に氾濫をくりかえしたのは当然であった。徳川三百年の間に、何度も堤防がつくられたりしたが、この跡始末は結局、大正期から現代にまで持ちこされることになった。

荒川放水路をつくると同時に、入間川の川幅を拡げたので、洪水の危険は一応なくなったが、気候によって流量の激しく変る川の水は、川幅をひろげただけではウマくは流れなかった。拡張された入間川の川幅は広いところで四キロもあり、まるで砂漠みたいな河原をカ細い川がウネウネと勝手気ままに流れるのは、どこに河道があるのかわからぬほどで、まことに異様な眺めとなった。荒川放水路が計画されたのは明治年間であるが、当時からこれに反対する声は多く、その代案がいろいろ出ている。

これについて、明治から大正へかけての史学者吉田東伍は『日本歴史地理之研究』のなかで次のように述べている。

「予輩は当局官吏や専門技師と位置経験智識のちがふ素人のことであるから、委細の立案は不可能である。それにしても大体の比較観察を、歴史と地理の上からもとむれば、批判の自由はあると確信してゐる。（中略）大黒人《おおくろうと》の政府では、荒川に対して下流に放水路を新設して、東京の浸水を免るる計画があるらしい。赤羽（岩淵）から北千住駅の北を廻り、小菅の東から中川と併行して、一千二百万円で一線を開くらしい。（中略）随分水位も低く、迂曲の緩流だからして、何としても放水の力も微弱らしいが、東京保護として立派な一策と思はれる。勿論これに賛成はするがなほ物足らぬ感がある。これに対して本多林学博士の荒利根川といふ荒い素人療治は、最も奇抜で、しかも古人の立案にも偶合するから、大いに面白く感じました」

吉田博士は要するに、荒川放水路の計画には反対で、政府の役人の専門家ぶった独善的な態度を非難し、河川についてはむしろシロウトの論文に立派なものが昔からあるから、シロウトの言うことにも少しは耳をかせ、といっているわけだ。ところで吉田氏が「大いに面白い」といっている本多林学博士の『荒利根川』なるものは、当時の新聞に発表されたものらしい。簡単に言って、これは徳田球一の『利根川水系の綜合改革』と同じ論旨で、つまり利根川をもとどおりの古利根川へかえせ、というわけだ……。これを読んだ私は、「さては、徳球も牢屋の中で、この『日本歴史地理之研究』をみながら、あの改革プランを考えたのだナ」

と思ったが、吉田東伍によれば、この古利根復道論は、本多説が出る百年もまえの天保年間に、関宿藩士の船橋随庵という人が、同じ案を水野閣老時代の勘定奉行に治水策として差出しているという。

中途半端で代用品的な印象

水野忠邦が天保の改革で印旛沼開鑿に手をつけ、その失敗がもとで、ついに、失脚するという話は、松本清張氏が週刊朝日に連載した小説『天保図録』のテーマである。

印旛沼の開鑿は、治水上にも有意義だが、それ以上に、水戸の那珂川筋と利根川が連絡し、さらに下利根から千葉を通って江戸湾への直通の運河の役を果させるうえで、一層役に立つことだから、水野にかぎらず、歴代の人がこころみたのだが、そのたびに挫折したり失敗したりしている。水野は優秀な農業経営家である二宮金次郎を召抱えたりして、こ

の計画に乗出したが、そのとき、

「印旛沼などよりも、もっと大切なことがある。それは、古利根を開通して新川となし、旧川を予備となすことである」

と、大胆な意見を申し出たのが関宿藩士船橋随庵である。船橋氏のことは『天保図録』には出てこないけれど、その識見、構想ともに非凡な人物であったらしく、幕府の土木事業を傍観しながら、たとえば、

「文化年中の上利根川、江戸川の工事のとき、土工たちは巡視者の眼を盗んでは、掘った土を皆、水の中に放り出し、陸へ運んだのは百分の一もないほどだ。これでは、いくら金をかけて工事をやっても、ただ川口を広くするだけで、土は下流に押流し、それだけ川底を浅くするばかりで役に立たない」

などと、なかなか細かいところもよく見ている。——船橋氏の古利根復道論は、この調子で、大きな構想を微細な点まで眼をくばって述べられているのだが、要約すると大体、次のようなことだ。
一、川も人間と同じで寿命があり、どんな川でも二百年、三百年とたつうちに、命数がつきて機能不全に陥る。利根川も二百年間流れて老齢の川であるうえ、天明の浅間噴火の土砂が降ったおかげで川底は俄然浅くなり、平地よりも高くなっているのだから、もう堤

防をいくら高く築いても、水を頭上でささえる形になって、危険である。

一、そんな老廃した川を、川幅を拡げたり、堤防増築したりしても、その保全は難しい。それよりも早く新川を掘って、川を引越しさせるべきだ。

一、地形をながめると、新川を掘るといっても、他に適当な場所はない。そこでこのたびは、鎌倉時代の古利根川跡、つまり栗橋あたりから粕壁《かすかべ》、松戸へ落ちる悪水路を切り拡げ、新川としたいのである。

一、こんなことをすると、江戸に水害が起る危険があるといわれるかもしれないが、その心配はない。いま利根川は川底が平地より七、八尺も高いところを流れているが、新しくつくる川は低湿地帯の七、八尺から一丈ばかりも低いところへ移すのだから、かえって危険は前よりもずっと減るであろう。それに、この新川を掘っても、もとの川も洪水のときの予備にそのまま残しておけば、水害の憂いはまったくない。

一、江戸の水害をふせぐといっても、地形に逆らって平地よりも七、八尺から一丈も高くなった川をそのままにしておいては、関東諸州はいつも水害の危険にさらされる。そのためには、自然の地形にふさわしい古利根の河道を復活させるべきで、そこにできる新川は川底も深く、水勢は急であるから、下流が閉塞する憂いはなくなる。このように水ハケがよくなれば、洪水の危険も当然なくなるはずである。

船橋氏は、このような意見書を差出しながら、いまの幕府には到底これだけの事業を遂行する力はないものとアキラめていたらしい。実際に水野忠邦は、この意見を取上げなかったし、かえって印旛沼の開鑿案にますます固執し、結局これにツマズいて失脚する。水野の失脚は、『天保図録』にあるとおり、幕府の複雑な官僚機構を操っていた水野が、最後には彼自身もその複雑怪奇な機構のオトシアナに陥ったということであろう。

ところで幕府は亡びても、その官僚精神は明治政府にもそのまま投影したように、利根川の治水策は幕府時代のものが金科玉条となって受けつがれた。……荒川放水路が、水野の印旛沼開鑿計画と同様、コソクな官僚根性から生れたものであるかどうかはともかくとして、どこか中途半端な代用品めいた印象が拭い難くなることはたしかであろう。

印旛沼

水野忠邦が失敗した印旛沼の開鑿は、じつは平将門も試みていると伝えられ、徳川期に入ってからは享保九年（一七二四）に平戸の染谷源右衛門が、幕府の金、六千両を借りて工事に手をつけ、天明三年（一七八三）にも田沼意次がこの計画を再びはじめようとしたが、いずれも挫折している。

天保十一年（一八四〇）、忠邦は三回目の計画をたて、二宮金次郎その他、一流の治水家をあつめて準備作業を行ったのち、同十四年七月二十三日に起工したが、九月に入って計画の七分通り出来上ったところで、忠邦は老中の座を追われて工事が廃止されたのは、松本清張氏の小説『天保図録』のとおりである。

忠邦が、この計画にそそいだ力は、なみなみならぬものであったらしく、当時の工事計画の陣容は、

柏井・天戸間　人足　一万五千人　請負人足　四百人　松平因幡守
高台・柏井間　手人足及買入人足　一万五千人　請負人足　五百人　酒井左衛門尉
平戸・高台間　人足　一万三千人　請負人足　三百五十人　水野出羽守
検見川　人足　六千人　請負人足　二百人　黒田甲斐守
天戸・竹枝間　人足　五千人　請負人足　百人　林播磨守

となっており、毎朝五つ時に始業、夕方七つ時に終業。鐘と太鼓の合図で、毎日平均五万五千五百五十人の人夫が出動し、一気呵成に十一ヵ月間で工事を完成させようというものであった。各藩の出費は合計二十五万両。これは第一回、享保のときの六千両にくらべて、いかに大掛かりなものであったかがわかる。

忠邦が、この計画に、これほどの金を注ぎこみ、トッカン工事を遂行しようとしたのは、印旛沼を仲介に下利根川から東京湾にいたる水路が、当時の〝黒船来寇〟その他の情勢からみて、ぜひとも必要だと考えたのであろう。

この工事のあとは、いまも現地に残っているが、幅は十分にとれていても、深さが浅くて、何の役にも立たないという。

筋道が一貫しない干拓計画

同じような計画は、明治に入ってからも何度も立てられた。利根川と江戸川をつなぐ利根運河（明治二十三年竣工）の実地調査をやったオランダ人技師デレーケは、印旛沼排水計画について、次のような調査報告書を明治二十年に出している。

「印旛沼を通じて下利根川に達する距離は、利根運河を経由するのにくらべて三里五丁の近路である。それに流勢も大きいから排水に便であり、また印旛沼、手賀沼に多くの水田をつくれるから、その利益は工費を償って余りあるものがある。ただし、そのためには安食《あじき》あたりに水門をつくって、利根川と沼とを遮断する必要がある。さもないと利根川洪水のときには沼に水が逆流して干拓地に浸水するし、渇水期には利根川の水が涸れてしまうおそれがある」

利根運河の開通で、印旛沼開鑿は舟運水路として価値はなくなったし、舟運そのものが鉄道にとって代られたが、しばしば氾濫をくりかえす利根川下流の洪水予防として、利根川の水を印旛沼へ落し、それをさらに東京湾へ放流するプランは、その後もつづいて立てられた。

しかし、このように印旛沼の開鑿という一つの事業が、時代によって、開鑿やら、運漕やら、放水路やら、目的がクルクル変って、しかもそれは互いに矛盾しているのであるから、一体どれが本当のことやら私たちには、わかりかねる。一時は、この水路を水雷艇の基地とせよ、という案まであったというから、考えてみれば土木事業というものはまことにフシギなものである。

戦後になると、食糧増産のためということで、またまた印旛沼開鑿計画がとり上げられ、緊急開拓事業として終戦直後の昭和二十年十月から農林省直轄ですすめられた。その工事がえんえんとして二十年後の今日までつづき、ようやく、あと一、二年で完成しようというのである。……勿論この二十年間には、社会情勢は、まったく変ってしまっているから、いまさら印旛沼の干拓をやって食糧増産の一助にしようなどというのではない。目的は工業用水である。つまり印旛沼の水を検見川《けみ》に流し、京葉工業地帯の工業用水にしようというワケだ。だから事業も農林省の手から、水資源開発公団へうつされている。

享保のときから数えて二百三十何年、水野忠邦のときからでも百何十年かたって、やっと完成をみる印旛沼開鑿工事の沿革は、どうやらわが国の土木事業の性格の縮図のようである。

つまり時代によって、運河になったり、水雷艇の基地になったり、工業用水路になったり、全体を通じて一貫したスジミチというのが、どこにもない。

印旛沼の開鑿に二百何十年の歳月がかけられたというのは、そんな昔から、今日の日本を見透した人がいて、〝国家二百年の計〟に取り掛かったというのではない。要するに、その時、その場の想いつきで、同じ事業を何度も何度も繰りかえしては途中でやめ、それがとうとう今日にいたったというだけの話である。そのたびに迷惑したのは現地の農民や漁民たちであろう。

四十一カ所の機場にポンプ

徳川期や明治・大正のころのことはともかくとして、昭和二十一年十月一日付の新聞（読売報知）を見てみよう。

「印旛・手賀沼に大手術　東京の米倉三千町歩　来月一日晴れの干拓起工式」

として、農林省が琵琶湖、八郎潟など全国十三カ所の湖沼干拓の一つに印旛・手賀沼を取り上げ、総予算二億円、六カ年計画で、長い間、農民を苦しめた水禍をくいとめるとともに、三千十三町歩の美田をつくる工事の第一歩がはじめられることを報じている。

「大正十年以来私財を投げうって治水工事に手を染めて二十六年間、地元民に治水の必要を説いて廻り、気違いとののしられても、反対派に闇打ちを食っても屈せず、身をもって両沼の干拓史を綴ってきた印旛郡六合村の石井五郎さん（五六）はじめ地元農民の悲願は、こんどの計画でついに成就を約束されたのである」

というのであるが、そのじつ、それから六年たっても何も出来はしなかった。昭和二十八年になって、ようやく印旛・手賀両沼の一括排水の考え方を両沼各個排水に切りかえ、昭和三十年「早期に効果を発生し得るよう、全面改訂を行った」というのだが、昭和三十二年にはまたもや全面改訂が行われて、「沼を洪水の調整池とすると共に工業用水の用水源とする」ことになった。そして昭和三十八年には、水資源公団に事業は移管されたという次第なのである。

この間に、事業を担当した役人が何回ぐらい取り代ったか、私は知らない。しかし昭和二十一年、あの物資も動力源も払底していたころに〝六年計画〟として立案された事業は、いまならおそらく一、二年で出来上る程度の仕事だと解釈できるだろう。ところが、それが二十年後の今日になっても、まだ完成しないというのは、当初の〝六年計画〟が全然のデタラメでなかったとすれば、その後の役人たちがまったくヤル気を失くしていたと考える他はない。前記の新聞に出ている石井五郎さんが、まだ存命中ならことし（昭和四十年）は七十五歳になっているはずだが、その〝悲願〟はいまごろどうなっているだろう？

しかし現地へ出かけてみると、これはなかなかの大事業であることがわかった。

最初に大和田の排水機場というのを見た。大和田は印旛沼の西北、平戸から、東京湾の検見川へ通ずる疏水路の、ちょうど真ン中あたりにあって、疏水路のなかで最も土地の高い、つまり馬の背のような位置にある。

そこでここに大きなポンプをつけて印旛沼の水を吸上げ、それを東京湾へ流すというのだが、地下三階、地上二階、鉄筋コンクリート造りのポンプ場は、外見はビルでもなく工場でもなく、何ともエタイの知れぬ建物だ。

ここに世界一とも考えられる口径三・六メートルのポンプが二台、口径二・五メートルのポンプが四台、並んでおり、この六台が同時に作動すると毎秒一二〇トンの水を吐き出す。といっても私たちにはピンと来ないが、要するにこれを七時間つづけると東京で一日に使う水と同じ量を吐き出し、二日間連続で動かすと、その間に雨が降らなければ、印旛沼の水はカラッポになるという。「沼がカラッポになるほど大きなポンプをつけたってイミないでしょう」

と訊いたら、

「これは何十年に一ぺんの洪水のときに、沼を水害から守るためのポンプで、ふだんは止めておきます」

と言う。この六台のポンプが同時に動くときの騒音は、建物の外で九〇フォン、つまり国電の有楽町ガード下あたりのそれに等しいというから、建物の中にいたら〝音〟だけで発狂しそうなほどだろう。このポンプ場の工費、十三億六千万円、この金額が高いか安いかは、ちょっと私には見当がつかない。まして何十年に一ぺんとかの洪水の防止に使うときくと、果してこれだけの設備が経済的に見合うかどうかは、一層わからない。

これは東京湾へ水を流すためのポンプ場だが、もう一つ、利根川と印旛沼を結ぶ長門川の入口にも、口径二・八メートルのポンプを六台並べた印旛排水機場がある。これは沼の水が多くなりすぎたときに利根川へ吐き出し、水が少なくなったときには利根川から水を吸いこんで、沼の水位を一定にするために使われる。要するに、印旛沼を胃袋とすれば、印旛機場は咽喉部で、大和田機場は排泄口というわけだろう。

その他、機場と名のつくものは沼の周囲に大小あわせて四十一ヵ所もあり、これらのポンプは沼の周辺部と中央部分との干拓や、かんがい用水路に水を流すために使われる。将門以来の印旛沼開発の念願は、ポンプの利用によって、ようやく達せられようとしているわけだ。

布鎌・安食

長門川は印旛沼と利根川を結ぶ川であるが、これとほぼ直角に将監《しょうげん》川というのが東西に横たわっていて、昔は利根川の水をこれで印旛沼に合流させていたという。つまり印旛沼は利根川の遊水池——洪水のときに水を調節する地帯——と考えられていたのであろう。

その将監川・長門川と利根川にかこまれた島が布鎌《ふかま》である。この島に百六十戸ばかりの農家があるが、これは元禄年間に主として関東地方の各地から入植してきた人たちの子孫である。利根川の中流・下流の湿地帯の開発は、そのころからさかんに行われてきたのであろう。

この布鎌村の特色は全村のまわりをグルリと堤防で囲まれていることで、堤防の長さは約一〇、〇〇〇メートルにもおよんでいる。つまりこれは木曽川筋にある輪中《わじゅう》と同じ考え方で出来たものといえる。——輪というのは小堤防組合で、各自の村落だけを丸く堤防でかかえた一種の自治的治水策であるが、どういうものかこれは濃尾平野に多く、関東平野にはあんまり発達しなかった。

大掛りな現代版ノアの箱舟

関東は、幕府の膝下で、輪中など小規模の自衛策をこうじなくとも、ちゃんとお上で治水をやってくれるからかと言えば、そうでもない。吉田東伍博士は、

「関東の人間は洪水に狎れっこになっているというが、水に対して無関心だ」

と言っているが、私自身はやはりこれは関東人がカッパの子孫だからではあるまいかと思っている。「地震、カミナリ、火事、おやじ」というのは関東地方の俗諺《ぞくげん》らしいが、その中に洪水のことが一つも入っていないのは、たしかに関東人が洪水を仕方のないものとしてアキラめていたというより、泥水に浸って暮らすことを別段イヤがってもいなかったと考えられる。

もっとも水田耕作というのは、もともと泥水を気にしていては、成立たないものであろう。首まで泥の中に浸って、まるで泥水を泳ぐようにしてつくる湿田のナワシロ作りなど、農耕というよりはまるで潜水夫の作業みたいである。しかも、この凄惨な作業を――他の

地方ではともかく印旛沼一帯のお百姓たちは――それほど嫌ってもいないらしい。むしろ、こうした湿田は、どんな日照りつづきの年にも絶対に水枯れしない田として、大切にされる傾きが、つい最近まであったらしい。

こうした低湿地帯の農家では、たいてい二、三艘の田舟を持っており、いまでも収穫期に刈取った稲を運ぶには「トラックなどより、田の中を自由自在に動けて、家のすぐ裏に着けられる舟の方が、よっぽど便利」なのだそうだ。こんな話をきいていると、水稲というのは、もとは水草の一種だったのではあるまいか、という気さえしてくる。

何にしても輪中の部落に住む人たちにとって、舟は必需の用具である。ことに堤防で洪水を防いでいるとはいえ、いったん輪の中に水が入ったとなると、こんどはその堤防があるために、部落全体が一と月も二た月も水に浸りっぱなしになり、その間、どこへ行くにも舟でなければ用が足せないことになる。また母家のほかに、水塚《みづか》と称して、土台を高くしたところに別棟の部屋を用意し、洪水の水がひくまでは、そこで暮らすことになる……。つまり輪中を一つの島とすれば、その中の一家一家が、それぞれにまた自分個人の島を持っているわけで、輪中に住む人たちの生活様式やら、性格やらをしらべてみれば、きっと島国国民である私たちのなかでも、最も島国的な要素を発見できるかもしれない。

布鎌で一番篤農家だといわれているAさんのところでは、家全体を水塚にしてしまった。

つまり家の土台を三メートルばかりの高さに築いて、その上に建坪五十坪ほどの家が乗っているのだが、家よりも土台を築くのに、ずっと費用がかかったそうだ。それでも洪水のたびに、畳、建具や家財を水に漬けたり、流されたりするよりはマシだというわけだろう。

そうかと思うと、洪水のときに一家全員が家財をつんで、ノアの箱舟よろしく逃げ出すために、莫大な費用で家よりも大掛かりな自家用船をつくった人もいる。……もっとも、この船は昭和二十二年のキャスリーン台風以来、使うこともなくなり、持主はヤケを起して船を解体し、家のハメ板やら、タキギやらにしてしまったという。

船がなければ安心して暮らせないような生活が解消したのは、ようやくこのあたりでも利根川の治水工事が完備してきたからであるが、布鎌の人たちにはまだ洪水の記憶はナマナマしい。堤防ぞいの比較的高台にある家でも、大黒柱に水に浸った跡が残っている。また水に流された家のあとが、そのまま池になり、田畑の真ン中に四角く、さながら釣堀のごとくに水をたたえているところが、いくつもある。

たまたま私が布鎌をたずねた日にも、そんな家の引っこしが行われて、部落の人たちが手伝いに集まっているところだった。昭和二十二年、将監川の堤が切れたとき、水門の近くにあったその家は、まともに水をかぶって流されてしまったのだが、それ以来、昭和四十年のその日まで、一家は水塚で仮住いをつづけてきたというのだから、洪水による経済的な打撃が、いかに大きなものであるかがわかる。

輪中にくらす人たちの苦労は、それだけではない。利根川に寄った地域の家は、どの家も土間に青く苔が生えている。これは堤防の漏水によるものだ。見た眼には、延々として万里の長城のごとくにそそり立つ利根川堤防も、じつは存外タヨリ甲斐のないものらしく、いまも川底に滲みこんだ水が土堤の外側へ絶えず漏れ出して、附近一帯の土地を濡らしているというのである。

こういった地帯では地下水の水質も極めて悪く、井戸水は飲めないので、数年前までは、何キロもはなれたところから飲料用の水を桶で運ばなければならなかった。いまでは簡易水道が出来たので、その苦労だけはようやくしなくてもすむことになったのだが……。

寂しい「枯れすすき」の旅情

元禄時代に開発された「新田」であるこの地域に、一体どういう人たちが、どのようにして住みついたのか？　これは大いに興味のあるところだが、残念ながらそれに関する資料も記録も、ほとんど残されていない。ただ村の人たちの言い伝えで、

「なんでも栗橋の方から来たらしい」とか、

「祖先は平家の落人だという話だ」

といった、まるで山奥の僻村みたいなアイマイなことが語られるばかりである。そんなに古い時代のことでもなく、江戸からはすぐ近いところにあるこの土地の歴史が、こんなにバクゼンとしかわからないのは、もっぱら洪水のためである。土地の古老に聞いても、

「わたしらの子供のじぶん、明治から大正のはじめまでは、ほとんど毎年、水の出なかった年はないといってもいいぐらいですからね……。洪水のときには、都会から援助物資が送られてきて、わたしたちもコンビーフなんてハイカラなものを食べさせられたのを、子供ごころに憶えていますよ」

と言う。

それにしても、このあたり、沼と川とが入り乱れ、葦や真コモの生い茂る風景は、何やら「枯れすすき」の歌に似て、荒廃した美しさと、うら寂しい旅情を感じさせる。「枯れすすき」の流行は大正末年、不景気の前兆を背景にしたものだというが、いまもそれに似た状況にあるわけだろう。

布鎌から将監川・長門川を川ぞいに行くと、利根川の安食《あじき》水門へ出る。……安食は利根川の舟運がさかんだったころの港町だが、ご多分にもれず、いまはすっかりサビレている。街道ぞいに「川魚料理」の看板をかかげた家が眼についたので、上って飯を食うことにし

た。じつは、この家の二階の欄干から、前垂れ掛けの女中さんが、すこしヤツレた顔つきで、われわれの通るのを見下ろしているのが、何となく『一本刀土俵入』のお蔦を想い出したのである。

ところで、このお蔦さんは、われわれがこの家へ上ろうとするのを見届けると、食いかけていたマンジュウか何かを放り出し、いきなりドタドタとものすごい足音とともに階段を駈け下りてきた。そして、

「お料理はカバヤキの他に何品ぐらいつけるの？　お酒は？」

と、こちらが何も言わぬうちから大声でマクシたて、「さアきた、まかしとき」と、奥の離れの部屋へ通された。やがて、テーブルの上には、鯉こく、あらい、カバヤキ、その他、盛りだくさんに運ばれて、その強引さにアッ気にとられたが、

「さア、どうぞ」

と銚子を差出す女中さんの顔つきには、さらに驚かされた。赤いタスキに、前垂れ掛けのいでたちは、大正期の酌婦の風俗そのままで、まさしく『一本刀』のムードであるが、真白く塗った顔と、袖口からにゅっと突出したシワだらけの渋紙色の手頸を見較べると、としはどうやら六十前後、もしかしたら大正時代からずっと同じ恰好で働きつづけている人のようにも見えた。それだけでもいい加減、ドギモをぬかれたが、同じような年輩の、

同じような恰好の女中さんが、あとから十人ばかりも押しかけて、べったり隣に坐っては、

「お一つ、どうぞ」

と、左右から酒をつきつけられるのは、まったく閉口した。まるで化物屋敷の酒盛りで、鬼女にとりかこまれて身動きならぬこととなった感じなのである。……私は『一本刀』の芝居と現実との違いを説明するために、こんなことを書いているのではない。いくらお蔦が本当は田舎の泥臭い酌婦だったとしても、年齢は三十歳未満であったろう。私が驚かされたのは、何よりも彼女らの年齢なのである。

いまや農村には青年がいない、とよく言われる。安食とは印旛沼を挟んで対岸の佐倉市でも、「若い者がいなくなって祭にミコシの担ぎ手がなくなった」という話をきいたし、他でも何度か同じようなことを聞かされた。しかし、地方の都市や、農村に近い盛り場には、青年に見合う若い婦女子も払底しているのである。都会の過度の人口集中が、こんなかたちで地方の町や村を疲弊させている例を目のあたりに見て、私は利根川の治水もさることながら、人口対策を何とかしないと、いまに日本中が化物大会じみたことになりはしまいかと心配になってきた。

新利根農場

新利根川は寛文二年（一六六二）から五年（一六六五）に出来た利根川の新川だ。

この工事の動機は、曲りくねった下利根川の流路を、真直ぐにのばした新川に変えることで、沿岸の水害を防ぐと同時に、手賀沼、印旛沼の水を涸らせて、そこに水田数万町歩が得られるということであった。だが、いざ新川をつくってみると、水深が浅く、流速が急で、舟運の役にも立たないうえに、かえって水害が多くなったので、わずか三年後に呑口をふさいで、旧河道にもどした。

しかし、この工事の失敗の原因は何よりも、附近一帯が低湿地帯であるから、ちょっとした新川を掘ったぐらいでは、とても水害を防ぐことなど出来っこなかったはずである。いま見ても、新利根川は川というより霞ヶ浦と手賀、印旛の三つの沼にかこまれた細長い沼みたいに思われる。

引揚者が泥沼に築いた楽園

茨城県稲敷郡東村というあたりも、終戦直後のころは、ガマや真コモも生い茂る泥沼だった。そこにいま新利根協同化実験農場と呼ばれる広大な農場が出来上っている。……緑の牧草原をバックに、真直ぐな並木の小径、白いサイロ、柵の中に百頭以上もの牛、新利根川堤沿いの道から南側を見渡したこの風景は、日本の農村のそれではない。アメリカ南部、バージニアあたりの小ぢんまりと、手入れの行きとどいた農園を想わせる。

もっとも近づいてみると、そこには水田があり、北側に並列したコンクリート・ブロック造りの住宅は、モダンではあってもアメリカの百姓家とは、較べものにならない、ちっぽけなお粗末なものだから、だいぶ下落して北海道あたりの景色に近くなる。しかし、それでも、ここが十八年前までは人の背も埋まるほどの泥沼だったとは、人づてに話をきかされても、ちょっと信じられない豊かな別天地である。

そして、これだけの農場を、戦後シベリアから引揚げた一介の中年男と、十三人の仲間が、これといった政府の補助もなしに彼等だけの力でつくりあげたという話をきくと、教訓童話の実地見本でもみせつけられた心持になる。奇蹟というのは大ゲサであるが、そういいたい程に一種異様にドラマチックな雰囲気をその背後に感じさせる田園建設物語なのだ。

「百姓はもっとラクをして暮らせなきゃウソだ。ことに百姓のカアちゃんは、一日、家の中でノンビリと飯や料理をつくったり、手芸をしたり、かせぎは夫にまかせて暮らす、そういうふうになるための農場を全国につくること、これがここの連中みんなの理想です」

農場主の上野満氏は、こんな話をガランとした飾り気のない事務所できかせてくれた。黒ずんだ床板の上に、不細工な手造りの椅子が五、六脚。農業関係の書籍や雑誌を並べた本棚はビール箱でも改造したものだろうか。部屋のなかで文明の利器らしいものは、古ぼけたラジオと、赤電話だけである。簡素というよりも、極めて禁欲的なその部屋で、上野さんは小柄な体をゆすぶりながら、「カアちゃんにラクをさせる」これからの農業について、語りつづける。

上野さんの主張は、要するに農業経営の集団化、協同化である。たとえば一区画一・二ヘクタールずつに区切られているこの農場の草刈りは、これまでの百姓なら十人は三日がかりでやらなければ出来ないところだが、ここなら一人で三時間ですませてしまう。また水田の田植えも二人で半日やれば出来るという具合だ。それでいて反当りの収穫量は普通の農家よりも、ずっと多い。

農耕にトラクターその他の機械を使えば能率が上ることは誰でもが知っているし、機械は広い農地で使ってこそ効果的であることも当りまえである。いまの百姓みたいに個々の家が小さな田畑をかかえて、めいめいが小型の耕ウン機を自家用にそなえていることのムダは誰が考えてもわかることだ。それには集団農業をやるにかぎる……。上野さんの話は皆、もっともなことばかりだ。しかし、そのモットモなことを日本中の農家で、あまりやる人がいないのに、あえてそれをヤリとげた上野さんたちは、たしかに立派であり、この二千年来、誰も手をつけられなかった泥んこの湿地が、こんなに見事な農場につくりかえられたことに、私たちは文句なしに眼をみはらざるを得ないのである。

昭和二十二年の秋、この湿地帯へリュック一つで乗りこんできた上野さんたちは、まず治水と干拓からやりはじめた。沼地の中にやっと三十坪（一〇〇平方メートル）ほどの乾いた〝島〟を見つけ、そこへ十三人がゴロ寝する最小限度の掘立小屋（約七坪）を建てて半年間、毎日、泥をすくっては盛りあげ、やっと翌年の六月には田植えをした。ところが大雨が降って、たちまち田ンぼは水没、おまけにせっかく手を入れた土地には横ヤリが入って、隣の丑《うし》新田に移らなくてはならなくなった。ここはいっそう湿地の深い、不利な条件の土地だったが、とにかくある程度の広さを獲得するには、あらゆる不利を忍ぶより仕方がなかった。

まず堤防をつくり、堤防にイモを植え、幹線排水路をこしらえて、中古のポンプも据えつけて、なんとか排水工事を終ったのが昭和二十四年の五月である。無論、それまでは一粒の米もとれなかったから、工事に要する金も、生活費も、農場の排水作業の合間に、よその工場へ交代でニコヨンに出掛けて、かせぎ出した。

上野さんたちが闘った相手は自然の悪条件だけではない。政府の役人、銀行の窓口、その他ありとあらゆる固陋で、ケチで、前の見透しのきかない人間たちと闘わなければならなかった。

「とにかく銀行は金を貸しようらんし、政府は農地改革の何のと口先ばかりで、いざ本当に新しい百姓をはじめようという人間の言うことには、耳をかさんで反対ばかりしよるですからな。日本人には創意、独創、新しい方法の仕事を認めようという気持が、これっぽっちもない……。役人がそれだから、百姓はなおのこと縮み上って、自分たちの生活を何とかしようという意欲がなくなるのもアタリマエだ」

しかし、そんなナイナイづくしの条件を、上野さんたちは見事に克服した。これは何もないなかで、この人たちが結束と信頼感だけは普通の人の何層倍も強固に持ちつづけてきたからだろう。……この新利根農場の成功のうらにナゾめいたものがあるとすれば、この異常なまでに強い団結心であろう。一体それを上野さんたちは、どうやって養ったか？

これは沼沢の湿地帯を、どうやって現在の近代農場につくりあげたかのプロセスよりも、もっと興味のある事実であったが、残念ながら短時間の訪問でそんなヒミツを探り出すことは不可能だった。

たとえば上野さんは、この農場の沼地で愛児の命を奪われているというのだが、そんな話さえ、そのときの上野さんの口からは出なかったのである。これは、この農場の草創期の労苦のきびしさを物語るものであると同時に、上野さんがこの事業にたくした情熱のいかにはげしく、すさまじいかを知る一例であろう。

「高い利子で借りた金も、どうやら完済の見込みがついたし、一戸当りの年間収入も六十万円ほどになったし、ここが理想の農場になるのは、これからですよ」

西の空に富士山が見えるだけ、あとは見渡すかぎり平坦な地平帯の、まったく日本ばなれのした農地の真ン中に立って、上野さんは満足げに語った。

年間六十万円の収入は、都会地のサラリーマンのそれと違って、ここではもっと実質的な価値を持っているはずだ。家も、食べものも自給自足だし、ふだん着るものに余計なミエを張る必要もないのである。しかも一日の労働は八時間、日曜は休日、農閑期には一カ月間の旅行、一年の労働日数は二百五十日ときめられている。……こう聞くと、たしかにこれからの新利根農場は、百姓のユートピアと言えそうである。

しかし、いつもユートピアはそれが実現した瞬間にこわされる。私は上野さんたちのユメに、けちをつけようと言うのではない。ただ、小規模なりとはいえ、いかにも劇的なこの〃新天地〃開拓の創成譚の結末に、何か思いがけぬ悲劇の起りそうな危惧を感じるだけである。……農業経営と合理化とには、元来それ自体がおたがいに矛盾しあうところがありはしないか?

トンチンカンなたとえかもしれないが、たとえば私はブロイラーの鶏肉は、最初のうちは柔らかくて歯ざわりはいいが、やがてプラスチックで固めた混合飼料のネリモノか何かを嚙んでいるみたいでイヤになるのである。同様にバタリー式の小舎で飼われたトリの卵も、放ち飼いの地卵にくらべて、はなはだアジ気ない。……これは新利根農場でとれた米や野菜やブタや牛肉の味のことを言っているのではない。作物の自然の風味を、農業の合理化が破壊するというのでもない。ただ、農業という労働作業の合理化を、あくまで進めて行くうちに、人間のなかに含まれる自然の要素（それが何であるかはわからないが）を損うものが出て来やしないかと思うだけである。

労働の合理化は手間をはぶくこと、結局、労働を嫌うところからはじまるわけであり、しかも人間は心のどこかで労働することを欲しているのだとすれば、百姓は機械化された農地で、みずから〝失職〟状態に陥り、立ちすくんでしまうことになりはしないか。そうなると完成した新利根農場には、そんな百姓のノイローゼを治すために、あらためて沼地につくりかえる必要が起りはしまいか？

無論こんな危惧は、ユメのまたユメである。しかし、これに似た悪夢は別の方角から意外に早く襲いかかってくる危険は多分にある。つまり、このあたりも早晩、都会のベッド・タウンになる可能性は十分だし、そのときにはこの農場は作物をつくるより、宅地や工場敷地にする方がよりたやすく金になるであろう――。

現に、農場のすぐ北側を流れる新利根川の上に、コンクリートの蓋をして、東京と霞ヶ浦を結ぶ高速道路にしようという計画もあるようだし、鹿島灘には工業団地が出来るというので、全国からウゾウムゾウの不動産屋がイナゴの大群のごとく押しかけて、手当り次第に土地を買いあさっているという話もきく。とすれば、そういう業者たちが、この農場に目をつけないわけはないだろう。

私が、そんな話をすると、上野さんは言下にこたえた。

「いや、金を何億くれると言われても、ちょっとここを動くという気にはなれんですなア」

それはそうだろう。上野さんたちには、荒廃した泥沼の土地をここまでに育て上げたという自負もあれば愛着もあり、それは金銭にはかえられないものにちがいない。しかし経済的にみて、この土地を耕すよりも売払う方が効率がいいとなれば、上野さんの次の世代、二世、三世の人たちがここを手離す可能性は十分にあるはずだ。ただ問題は、その金で他にもっと大きな土地を買えるかどうかである。なにしろ日本はひどく狭い……。すると上野さんは、

「そうなんです。そのことは、われわれも考えて、息子たちにはブラジルへでも出掛けて、ここで身につけた技術を活用するようになれ、と言っているんです」

と、胸をはってこたえた。すでに、ここで農業の研修をうけた若い人がアフリカへ指導に行っているという。なるほど、と私は思った。上野さんは満州開拓団の引揚者である。スズメ百まで踊りを忘れずというが、上野さんは挫折した満州開拓の夢を、関東平野の一隅で、いまやっと実現したところなのであろう。新利根農場の周囲になにかドラマチックなものがあるのは、そこに戦前からの日本人の悲願が感じられるからであろう。

大利根用水

利根川を水郷佐原から銚子へ下る途中に、笹川の町がある。これは『天保水滸伝』の舞台になったあの笹川である。

嘉永三年版の『天保水滸伝』は、講談にしてはめずらしく正確なものであるらしく、繁蔵も、繁蔵の客分であった平田深喜《みき》（平手造酒《みき》）も、実在の人物で大体あのとおりであったらしい。一方、笹川からみれば敵方の飯岡の助五郎も無論実在で、その子孫に当る山口瞳が目下このことを長編小説に書きつつある。

利根川の笹川と、九十九里の飯岡の争いは、所詮バクチ打ち同士の喧嘩であるが、その背後関係はしらべてみれば意外に根深いものもあるかもしれない。それはともかく、その笹川と飯岡、飯岡の西側にある八日市場、この三つの町を結ぶと、ほぼ直角二等辺三角形になるが、その三角形の内縁に、もと椿海《つばきのうみ》と称する大きな沼があった。これを寛文十年

（一六七〇）に干拓して二千七百町歩の耕地をつくり、いわゆる「干潟八万石」なる穀倉が出来上った。

起工は寛文八年、稗を試作したのが同十一年、翌十二年から稲作がはじめられ、爾来年貢の上納が行われて、一万二千五百両あまりに上った幕府からの借入金もたちまち返済してしまった。けだし理想的の干拓事業といわれるゆえんである。

しかし椿海から、新川とも刑部川《おさかべ》とも呼ばれる排水路によって九十九里浜へ水を落す工事は、排水路の延長一万二千八十六間、人夫二十七万一千三百九十人を要する大事業であったし、工事に取りかかるまでの政治工作その他のイキサツは、ゆうにそれだけで『天保水滸伝』をはるかにしのぐ大ロマンになりそうだ。

干潟の町の恩人は鉄牛和尚

最初、元和寛永のころに釣好きの侍、杉山三右衛門はこの沼の深浅を知って幕府に干拓計画を出願するが許されず、それから三十年たって、こんどは白井次郎右衛門が同じ計画を申請するが、これも取り上げられない。しかし次郎右衛門はこれに屈せず、爾来二十五年間にわたって運動をつづけ、やっと幕府の大工頭、辻内刑部左衛門と知合い、辻内と協同、寛文八年から沼の干拓にとりかかるのであるが、そのころすでに次郎右衛門には資産が尽きかけていた。一方、辻内刑部の方には江戸の豪商野田市右衛門その他の金主がついていたから、工事は辻内が倒産した次郎右衛門の分を引受けて一人でやることになったが、そのとたんに辻内も死んでしまったので、ここで事業はまたもや、いったん取り止めとなる。

それを引きつぎ事業を完成させたのは辻内の女婿善右衛門だが、善右衛門を助けて幕府にはたらきかけ、六千余両の追加予算を出させたのは福聚寺の開祖、鉄牛和尚である。そのまえに次郎右衛門と辻内の協同事業を幕府にとりついだのも鉄牛であるから、この和尚は当時の幕府の重臣たちの間に、よほど勢力のある実力者であったことが察せられる。そんなわけで鉄牛和尚は、干潟の町の大恩人とされて尊敬されているのだが、私は鉄牛なんて坊さんの名前は「宮本武蔵」か何かの講談できいたことがあるような気がするものの、干潟へ行くまでどんな人か全然知らず、その無学を地元の人に笑われた。

私が、干潟へ出掛けたのは、利根川からこの地区に灌漑用水をひっぱった大利根用水をみるためである。

この大利根用水の事業は、大正時代から昭和にまたがり、戦後の昭和三十一年にはじめて、全地域の利用が可能になったもので、その意味でまさに椿海干拓に匹敵する大事業といえるものだ。

旭市の大利根干潟土地改良区連合事務所という、おそろしく長ったらしい名前の建物を私たちは二度たずねたが、二度とも道に迷って、さんざん探しまわらなければならなかった。事務所の建物自体、うらぶれた村の保育園といった感じで、あんまりパッとしないうえに、同じ旭市に干潟土地改良事務所というのがあり、となりの八日市場市には大利根土地改良区事務所というのがあって、同じような名前が三つコンガラかり、土地の人に道を訊いても、どれがどこやらワケがわからなくなるからだ。……どんな事情で、こんなふうなことになっているのかはともかく、道に迷ってウロウロしただけで、なんだか地方政治の迷路にまどわせられているような気分になった。

実際、大利根用水は大事業である。しかし、これは必ずしも事業の規模がそんなに大きいという意味ではない。これを「大きい」と感じさせるのは、その完成に要した年月の長さと、背後にあってこれを推進した人たちの意欲と努力と情熱の大きさである。干潟連合事務所の古びた畳の部屋で、この事業を大正期から実際に手掛けてきた野口初太郎氏の話をききながら、そう思った。――野口さんが県から派遣された技師として、この土地へやってきて用水路計画を立てたのは大正九年（一九二〇）であるが、工事に着工したのは昭和十年（一九三五）である。つまり、それだけの年数は、地元の反対者の説得やら、県や国への政治工作やらで空費されたわけである。

もともと沼を干拓して出来上ったこの土地は、「干潟八万石」の沃土にはちがいないが、水害や旱魃《かんばつ》の起りやすいことは、地形によって明らかである。干拓の当初は耕地約三千町歩、それに対する用水源としては周囲の丘陵部に溜池が十四ヵ所もうけられ、耕地のまわりに惣堀と称する用排水路がつくられていた。しかるに、それから二百年もたつうちには人口も増加し、干潟耕地の内外ともに開発がすすんで耕地面積は二倍以上にもなったが、その間に惣堀の維持は悪くなるし、溜井も埋立てて田畑になったりした。おまけに干潟全体の排水路である新川の浚渫《しゅんせつ》も、時代が下るとともに困難になってきた……。こうなると、大雨のときには低地帯には水が溜って水深三尺以上にも達して昔の椿海が再現したようになってしまうし、用水は不足しているから、すこし日照りがつづくと、しばしば全耕地はヒビ割れて荒野と化した。

なぜ、このようなことになったのかという事情は、そのアラスジを述べるだけで一冊の本が書けるぐらいになってしまうから省略するが、要するに狭い土地に大勢の人間が入りこんで、その土地を私有し、権利を主張し合えば、公益は私欲の下に押しつぶされてしまうのが自然のなりゆきであろう。とくに、新川の上流と下流、丘陵部と低地との利害はことごとに対立した。丘陵部には小さいながらも溜井が残っていて旱魃にもそれほどの被害はないし、雨が降っても水に浸ることもない。したがって新川の改修などには力をかしたがらないし、新しく用水路を引くことにも、自分の土地を減らされるから反対である。

しかも、大利根用水路に反対したのは、こうした地元の農民たちだけではない。政党の党利党略から、地元民以外の政治家が反対のための反対をやる。

どの掘割にも苦労の思い出

「たいへんでしたなア、あのときは……。とにかく反対派の一軒もない村というのは一村もなかったし、なかには全村こぞって反対という村があって、そういうのを私たちは一軒一軒まわって口説いて歩いたわけですが、それも昼間は反対派に見つかるから、夜になってコッソリ出掛けるという具合で……」

野口さんは、古びて薄茶けた地図をひろげて指さしながら当時のことを回想して語った。

一つの計画を十五年間あたためて、その説得をつづけるというのは、たしかに容易ではなかったろう。しかも、やっと反対派を説得して昭和十一年（一九三六）に工事の鍬入れがあってから、一応の完成をみるまでには、それからさらに十五年、つまり戦後の昭和二十六年までかかっているのである。途中に戦争もあったし、インフレも起った。資材、食糧の不足、人員の不足等々、困難な条件ばかりが、つぎつぎに続くなかで、とにかくこの用水計画は、たゆみなく進められてきた——。

その間の想い出を語る野口さんは、ときに昭和と大正の年号を言いまちがえ、またどうかすると明治の話が昭和になったりもするのだが、ほとんど全生涯をこの事業にかけた野口さんにしてみれば、あらゆることが、つい昨日の出来事のように思われるのであろう。そのかわり、この人の脳裡には大利根用水にかかわるすべてのことが焼きつけられ、イキイキとのこっている。それにしても、この野口さんの若々しさには、おどろかされた。当年、八十歳とかいうのに、頭髪は黒ぐろとして、せいぜい六十代にしか見えない。

総延長、七五・八キロにわたる用水路を、ひとまわり案内していただいたが、野口さんは先に立って、幅一メートルちかくもありそうなミゾを、ひょいひょいと跳びこえては、土堤の上へ駆け上り、用水路のいちいちを、ことこまかに説明してくださる。どこの地質がどう、どこのトンネルがどう、と一つの丘陵、一つの平地が、みんな野口さんにとっては、わが家の庭の庭石か何ぞのように思われるのだろう。

測量をやりかけただけで、反対派の農民にクワとスキを持って追いかけられたり、説得に出掛けた農家で、「この書類にハンコを押したことがバレると、わたしは村じゅうの人間に袋叩きにされる」と泣きつかれたり、そんな情景が、どの水路、どの掘割のながめからもよみがえってくる……。野口さんのそういう感慨は、むしろ不言不語のうちに私たちにも伝わってきた。

この用水の受益耕地は、面積にして水田八千町歩、事業効果としては、以前は供出制度の責任生産量が、反当り五俵一斗内外であったのに、その後の実際反当り収量は六俵、七俵、八俵と、年々上昇をつづけ、全国的に豊作型だった昭和三十年には反当り十俵であった。無論これは近年の稲作栽培技術の進歩にもよることではあろうが、大利根用水の灌漑がその大前提になっていることは、まちがいない。

もっとも、昭和三十三年には利根川水系の異常渇水から、用水路の水の取入れ口である笹川の揚水機場は使用不可能になり、この地域はまたまた旱魃と塩害との被害をうけた。そんなことから、この大利根用水の事業の前途は、かならずしも明るいとばかりは言えないのであるが、それは用水事業そのものの成功を傷つけるものではない。

何はともあれ私は、ここで事業の中に一個の人格が感じられたことで、心を動かされた。用水路の幹線を一応見終ったところで、日は暮れかかり、干潟の盆地は薄墨色の空気の底に沈んだが、そんな風景は、いかにも野口さんの篤実で穏やかな風貌と似つかわしく、生涯をかけた事業に着実な成果を上げながら、謙虚に無名のまま消え去って行く人を、この豊穣な盆地は内ぶところに抱えて夕闇の中に溶けて行った。

佐原

下利根川の流域の塩害が何によって起るか。これは勿論、川の勾配がゆるく、河流にそれだけの排水能力がないためだが、いまになってそういう問題が起ったわけではなく、もともと現在の利根川下流は佐原のあたりで、霞ヶ浦、北浦と結びつき、香取海と称された大きな湖をつくっていたのである。

いまの佐原附近の、利根川と常陸川の合流点に、銚子の河口から逆流してくる海水を防ぐ逆水門がつくられているが、これが完成すれば佐原から上流には、塩水は浸入してこないことになる。

腐蝕される〝日本のベニス〟

ところで、このあたり、佐原から潮来《いたこ》、十六島にかけての風景は、平地の陸と、ゆるやかな水とが混じり合い、朝夕の光線の変化を微妙に反映して、刻々に変る空気の色調や質感は、まるで印象派絵画のそれをみるようだ。こういう風景だけを切取って眺めると、初期の明治政府が利根川の治水をオランダ人の技師にまかせたのもムリはないという気がする。(それが失敗であったことは以前に述べた)

十年ほど前にも私は、ここの病院で結核を療養していた吉行淳之介を見舞いにきたことがあるが、そのときはたしか、あちこちに風車が立っていて、いっそう、絵でみるオランダ風景そっくりだったように思う。……艶福家の吉行はそのときも病院に出入りするベントウ屋の出前持ちの娘さんに言いよられたとかで、

「ウナドンが食いたいんだが、どうもあの娘に来られるかと思うと、気が滅入ってウナドンを注文する気にもなれなくてな……」

と、額にべっとり脂汗を滲ませながら、いかにも弱り果てた顔つきで話していたのを思い出す。まことにラチもない追憶だが、そのとき以来、佐原というと私はウナギのカバ焼

の甘辛いタレと、あぶら身のからみあったネチッこい舌触りを、口の中に感じてしまう。

そういえば、浜名湖で養殖されるウナギの稚魚の大部分は、印旛沼からこのあたりへかけたところでとれたもので、それを浜名湖で大きく育てたやつを、また逆輸入して食っている。ウナギの養殖は、この辺だって出来るはずだから、やればもうかるのに、千葉県の人間はノンビリしているから、それをやらない——と、そんな話をどこかで聞いた。

私は、ウナギはそれほど好きではないから、養殖事業には別段の興味はわかないが、この辺で時たまとれるという鮭は一度、食べてみたい。『利根川図志』によれば、一番ウマいのは布川でとれる鮭で、それより上流へ行くと水っぽくなるし、それより下流では塩辛すぎる、とある。もっとも著者赤松宗旦は、布川の医師だから、この話はあんまりアテにならないが、要するにそのころでも布川あたりまでは海水が入ってきていたこと、鮭が利根川のかなり上流まで上ってきていたことは、たしかだろう。

香取郡山田町の山倉大神では、十二月七日に「鮭祭」が毎年いまでも行われているという——。この祭の起源は非常に古く、千五百年ほども前からのもので、その由来は、この土地で疫病が流行したとき、たまたま諸国遍歴途上の弘法大師が来合わせ、山倉大神に一カ月の願をかけて祈った。すると満願の日に疫病はピタリと治まり、村人はその礼に、村を横切って流れる栗山川に上ってきた鮭をつかまえて神にささげ、弘法大師にも馳走したというのである。

伝説のいわれは、つまり鮭の栄養分をとったら疫病が治ったということだろう。何でも、この辺では最近まで鮭の黒焼きを薬にして飲んでいたともいう。

それはともかく利根川の、そのまた支流の小さな川でも鮭がとれたというのは、たぶん本当のことだろう。隅田川で育った伊藤画伯の話では、

「ぼくらの子供のじぶんには、隅田川でも鮭がとれた。東京じゃ、鮭の一番うまいのは隅田川のやつで、その次が利根川の鮭ってことになってた」のだそうだ。

そんな話をきくと、明治時代の関東地方は、東京をふくめて、まだ北海道と大して変りない人口密度の土地だったのかと思いたくなる。それで私は、銚子の魚河岸で、

「利根川の鮭が上ったら、たとえ布川や佐原のやつでなくても河口でとれたやつでもいいから、いっぴき売ってくれませんか」

とたのんでみたが、これはムダだった。いまでは隅田川はおろか、利根川で鮭がとれるのは十年に一度か、二十年に一度しかないというのである。

「だいたい、いまの利根川には鮭取りの漁師なんていませんよ」という。

ご承知の通り、鮭は産卵のために川にのぼってくるが、その鮭の数もいまでは極く少ないうえに、鮭の川を上る通りみちを心得た漁師が、もはやいないというわけである。

鮭にかぎらず、下利根川の沿岸漁業は、いまではほとんどすたれてしまった。それだけ近代産業が発達してきたのかといえば、そうでもなさそうだ。国鉄佐原駅の待合室には、

「日本のベニス、佐原」

と書いた市観光課の大きなポスターが貼ってある。私はベニスのことは知らないが、開高健の話では「ずいぶん汚い、いまにも街全体が腐り落ちそうになりながら、どうにも手のつけようもない街だ」そうだ。しかし、わが佐原は、その意味でベニスの上を行く腐蝕の都市であるにちがいない。なんといってもベニスの建物は石造りであるのに、佐原のそれは木造だから、それだけ痛み方は激しいのである。……おまけに「水道がひけてから、エンマの水はおそろしく汚くなった」

と、土地の人たちも言う。

エンマというのは、佐原の町を幾重にも取りまく運河のことで、戦後しばらく佐原に住んだ小島信夫の小説『鬼』によれば、「これ（エンマ）は小運河で交通路であるために、かんじんの道路はきわめて細く、そして細いことこそ土地の人の自慢の種である位であった。というのは雨でも降れば、その三尺足らずの道はツルツルとすべり、エンマへ落ちずに歩くことは至難のことであるのだが、住人は誰一人としてすべるものはない。私も妻も子供もみんないくどとなくエンマへ落ちこむ非運に会ったが、彼らにとっては私たちが落

ちこむことこそ、彼等の誇りを高め、隠微な自慢の種であったのだ。……」

これは都会からの疎開者「私」を主人公にしたもので、かならずしも小島自身の考えを述べたものではないだろうが、土地の事情にうとい人間が、このような町で暮らせば、きっとこのような難渋をおぼえるにちがいない……。保守的で、都会人を敵視せざるを得ないほど、ふだんに都会から圧迫され、なんとか立遅れまいと努力はしているが、なかなか思うようには行かない――これは佐原にかぎらず、ある程度、日本全国の中小都市に共通した悩みだといえるだろう。

美観と衛生に無頓着な人々

エンマの由来について、私は小島以上の知識は何もないが、これは交通路であるばかりでなく、この町の人たちの日常の水源でもあって、家ごとに「洗い場」と称する足場があり、石段づたいに掘割の水面まで下りられるようになっている。

この「洗い場」で、洗濯もすれば、食器洗いや、炊事の支度もするし、運河の水を汲んで飲料水にもしていたというから、ずいぶん不衛生といえば不衛生だが、結構この町の人たちは、こういうふうな水の使い方になれており、それで不自由はしなかったらしい。ところで利根川の水に塩分が濃くなったこともあって、飲料用の上水道がひかれると、この洗い場は用がなくなり、同時にエンマの水は急におそろしく汚れはじめたというのである。おまけにエンマそのものも追い追い埋立てられて、そのあとに普通の道路が出来かかっている。

たしかにゴンドラならぬ田舟でエンマを往来するのは、いまどき不便なことにはちがいないし、どうせ早晩、埋立ててしまうものなら、手間をかけてキレイにするまでもないことだ……。しかし、それにしても、わが日本のベニスの掘割は汚れすぎている。ゴミ溜め代用につかわれて、汚物で半分以上、埋まっているものさえあって、とてもこの掘割で近年まで台所の水仕事をしていたとは信じられないのである。

これを見ていると、われわれは川だの堀だのについて、徹底的に無関心な人種であると思わずにはいられない。私は隅田川の汚染を東京人の愛郷心のなさのせいかと思い、東京が全国から雑多な人間の寄合った植民地的な都会だからかと考えていたが、佐原のエンマの汚れ方を見ると、この考えも怪しくなってくる。佐原は古い町であり、小島の小説によれば、そこの人たちは、自分たちのエンマを誇りにしていたというではないか。

この町の人たちがエンマを汚すのは、ことによると、その点だけ東京をマネしているのだろうか？　それとも、何か他の理由で、ここに住む人たちは自分で自分の町が、すっかりイヤになってしまうほど、無気力にされているのだろうか？

これは、そのこととは直接関係したことではないのだが、この町には風土病として肝臓ジストマがある。利根川を深く愛し、現代の赤松宗旦ともいえる飯島博医学博士によれば、このジストマは鯉や白魚など川魚を媒体に人体に入りこんでくるものだという。そしてこれがいったん体の中に巣食うと、二十年でも三十年でも生きつづけ、駆除する方法がない。だから利根川で鯉のアライや、白魚のオドリ食いなど、淡水魚を生で食べることは絶対にいけない、と飯島博士は述べている。しかるに土地の人たちはこういったものを平気で食う、というよりほとんど常食しているのである。

何年か前にも私は、吉行や近藤啓太郎と、この町へ遊びに来て、土地の芸者を招んだりして騒いだことがあるが、彼女たちは、われわれが鯉のアライにも、白魚のオドリにも箸をつけないのを不思議がるので、近藤が肝臓ジストマの怖ろしさを一席、はなしてきかせたが、彼女らは、

「へへえ、そんな話、聞いたこともないねえ……。何だか知らないけど、こんなウマいものが食べられないなんてねえ」

と、一向、意に介さぬのである。もっとも白魚と鯉のアライをのぞくと膳の上には、ほとんど食うものがなくなってしまうのであるが……。どっちにしても、この町の人たちは

少し、無頓着すぎるようだ、町の美観にも、衛生思想にも……。無頓着といえば、この晩の芸者衆も、客の私たちに対して大変無頓着であった。三味線はどうせひけないだろうから、

「イタコ音頭でも歌ってくれよ」といったが、

「そんなもの出来ねえ」という。

「じゃ、寝て行くかい」と、吉行がヒヤかしたら、

「そんなこと、とんでもねえ」と、真顔で怒り出すしまつだ。

「それじゃアンマでもしてくれ」

と、たのんだが、これも出来ないと断られた。——それで最後に、どうせこれも断られるだろうと思いながら、

「せめて足のウラでも踏んでくれよ」

と、三人が俯伏せに寝ころんだら、

「よしッ」

とばかりに、三人の芸者がわれわれの足のうらに跳びのって来たのには、おどろいた。

それも、

「オイチ、ニッ、オイチニッ」

と、ひどくマジメに熱心に踏んでくれる。となりで近藤の足のウラを踏んでいる芸者は、額に汗をタラタラたらしながら、座敷着の裾を蹴上げるように一生懸命やっている。――そんな彼女らを見ていると、ふと紺ガスリの着物にスゲ笠をかぶった百姓娘が、水車小舎の水車を一心に踏んでいるさまを想像させられたのである。

銚子

佐原から銚子へ出ると、人口九万余りのこの町が、ひどく都会的なものに思える。外海に面したこの町の空気の明るさのせいであるのか、漁港であり観光地である町の性格がそうなのか、とにかく、ここへ来てはじめてパッと眼の前のひらけたような気分になった。河口にかかる銚子大橋は、全長一四五〇メートル、水面上の長さは一二〇三メートルで日本一だというが、橋ゲタの塗装を東京タワーなどと同じ濃桃色にしたこの橋は、いかにも戦後の日本を象徴するような軽薄さと壮大さとを見せている。

手狭すぎる銚子漁港の悩み

野田のキッコーマンとともに、醤油の三大メーカーであるヤマサとヒゲタは、ここに本拠を置いているが、野田が醬油だけの町のような印象を受けるのに、ここはそんなことはない。つまり銚子は野田にくらべて、それだけスケールが大きいのである。

これらの醬油業者は、ほとんど独占的といっていいほど全国に商標を売りこんでいるが、もとは三者とも紀州からやってきた人たちで、醬油の製法も紀州のものをそのまま受けついでいる由。醬油だけではなく、銚子から九十九里浜一帯へかけての漁民の漁法もすべて紀州のそれと共通するらしく、紀州人は、このへんをまるで自分の植民地のように言う。そういわれれば、この町の都会的な明るさも、じつは植民地の軽薄な人気のせいであるかもしれない。

何はともあれ、私は宿に落ちつくと名物のアジのタタキが食いたいと思ったが、

「あれは、小アジのとれる夏場のもので、いまは季節はずれです」

と聞かされ、落胆した。そのかわりイキのいいタイだのエビだのが、どっさり出た。関東平野を歩いている間、ウナギと鯉こくとフナの甘露煮ばかり食いつづけてきたせいで、どれもひどくウマい。しかし翌日、町のそば屋でテンプラそばを注文すると、どんぶり鉢いっぱいに大きな伊勢エビのテンプラを二匹盛上げて出されたのには、ぎょっとした。とにかくテンプラを掻き分けて、そばを見つけ出すのに一苦労するようなテンプラそばを食ったのは、はじめてだ。それで代金は一ぱい二百円也である。

こうなるとエビもタイも一日で食傷して、次の日は宿の女中さんの食うイワシの煮つけを出してもらったが、結局これが一番ウマかった。

イワシが銚子でうんと獲れることは「大漁節」の文句のとおりだが、そのほかサバ、サンマ、アジ、カツオ、マグロ等々、要するに東京あたりで安い魚といわれたようなものは、みんなここで獲れたり、水揚げされたりする。もっとも、いまはイワシも畑のこやしにするほどは獲れないし、すし屋で食うマグロの値段の高さは誰でもが知っているとおりだ。

これは獲れる魚が少なくなったのか、食う人間が増えすぎたのか、どっちにしても、いまの銚子の漁港が手狭すぎることはたしからしい。とくに利根川河口の水深は浅くて、大型漁船の通行はむつかしくなる一方である。そこで河口右岸に河堤を設け、漁港を川からはなして河口を東南へ移動させる工事が進められているのだが、新港予定地の人家を河岸の埋立地へ移転させる問題で、当事者はアタマが痛いらしい。

しかし銚子の河口の浅くなったのは、いまにはじまったことではない。このあたり、昔は安是《あせ》の湖《みなと》と呼ばれて、これは浅い海門という意味であった。ただ、文政、天保のころまでは、左岸の波崎《はさき》から鹿島灘に向かってナカラミと称する砂嘴《さし》が突出しており、これが天然の防波堤のはたらきをして、その南側に深い水路が出来ていたから、当時の千石船もここを通って入港できた。

ところが、このナカラミは天保十一年（一八四〇）と、安政五年（一八五八）の暴風で一掃されてしまい、それ以来、船は一定の水路をたどって入港することが不可能になったといわれている。……だが、ナカラミが消失したのは果して自然の風浪のせいばかりだろうか？　これについて吉田東伍は『日本歴史地理之研究』で次のように述べている。

「もしナカラミの消失が大海の風浪の激衝によるものだとしたら、他の地方の陸風や、河川の流勢とあひまつて、河口に洲が出来るのが普通である。ところが、それが出来なかつたのは、利根川から流れ出す河水の勢ひが海の水を沖の方へ押しやり、その際ナカラミの洲は削られて、あたり一面を平らな浅瀬にしてしまつたのであらう。もしさうだとするならば、天然防波堤ナカラミの消滅も、利根東流の結果であらうと考へられる」（傍点原著）

私は地理だの、地質だのには、まったく暗いから、この吉田氏の推論がどこまで当っているか判断のしようがない。ただ、これでわかるのは、自然を相手にした土木工事が、いかにムツカシいかということだけである。それに公共事業は、いつも政治とカラミあい、技術的な理論だけにしたがってすすめるわけには行かなくなるから、なおさらであろう。

……吉田氏は続いて、こうも言っている。

「注意すべきは、維新政治の旧物破壊の余弊である。いはゆる旧弊を除くに急なるために、往々、昔の良い習慣や法度をも、玉石混淆に打破したことはまぬかれぬ。ことに地租改正のために、一個人の所有権利の信念を固くしたるにより、私を棄てて公に殉ずるといふ風習が減じ、たがひに権利を争ひ、やたらな土地を勝手に開墾したり、竹木を伐採したりして、後悔すべきことがらも往々ありました。……昔（明治維新前）は領分違ひのために統一を欠きましたが、近来はそれにかはつて政府部内の省局の不調和がある。利根のごとき大河川は、むしろ昔のお江戸御公儀様の御勘定所、御代官の方がかへつて今日よりも御威光ある統一が出来たかとおもはれる」

要するに、吉田氏の所論は、徳川氏が地勢地形を無視して行った利根川のツケカエが、河口にまでも禍根をのこし、これをひきついだ明治の官僚政治家は、徳川氏の残したアヤマリをただすこともせずに放りっぱなしにしている、ということだろう。徳川時代の工事のことはともかく、明治以後の「私を棄てて公に殉ずるの風習が減じ」たことや、官僚同士の縄張り争いのことなど、たしかに吉田氏の言われるとおりにちがいない。

カメの背中に揺られる錯覚

吉田東伍は大正七年、銚子で亡くなった。その墓が市内の飯沼観音の境内にあると、ヤマサ醤油の専務さんが、忙しい中を案内に立ってくれた。港にのぞむ丘陵で坂道の中途から、軒の低い人家の家並みを抜けて、急な石段を上りつめたところに、あんまり大きくはない堂があり、その左手に雑草と笹とに覆われた空地があって、そこにビンボウカズラのような蔓草にかこまれて立っているのが吉田東伍の終焉碑だった。

戦災で焼けたのを建てなおした観音堂は、義理にも立派なものとは言いかねるし、別に観光客の客寄せにもならないからだろうが、吉田氏の碑のまわりの荒れ方は、それにしてもひどすぎる。二百坪か三百坪ばかりの空地が、冬枯れの時期なのに繁茂した雑草で足の踏入れようもないほどだ。ようやく、そばまでたどりついたが、木の葉や枝にさえぎられて薄暗く、石碑の字面もロクにたどれない。

とくに苦労して読むほどのこともなさそうなので早々にひきあげたが、こうなると碑は故人がいかに周囲の人から忘れ去られるかを示すために立っているようなものだ。

観音さまを見たついでに、河口右岸の丘の上にある川口神社へも回ってみる。天気の好い日だと、ここからは利根川が河口から川上の地平線の彼方にうねるさまが見透せる由だが、きょうはピンク色の銚子大橋がモヤの中に浮かんで見えるだけだ。……神社の石段から見下ろして、左側に河岸の航路と埋立予定地が見え、右側には人家のむらがった斜面が、海とも何ともつかぬ広い水面に向かって段々にひろがって下りている。

この人家の区域の人たちを埋立地に移し、そのあとに新しく岸壁やら桟橋やらをもうけるのが、銚子漁港の修築計画であるらしい。

河口の岬の突端には、現在、一の島灯台の立つ防波堤がのびているが、これを中心に外海にも、河岸にも、いくつもの防波堤やら河堤やらが張りめぐらされるから、もはや天然の防波堤ナカラミがなくても、相当の深さの航路が設定できることになるわけだろう。

一方、銚子大橋を渡った茨城県側には、鹿島灘に産業港が計画されており、それを中心に利根川と霞ヶ浦の水を利用した工場地帯の大団地の建設がすすんでいる。もっとも、いまのところは設備投資の頭打ちで、道路の片側には松林と砂丘、片側には赤土だらけの平地がひろがっているだけで、道傍にそってガソリン・スタンド、軽食堂、一ぱい飲み屋、パーマ屋といった店が、ナマナマしいペンキ塗りの壁を埃だらけの風にさらして並んでいるだけだが、いずれ何年か後にはアメリカ西部劇のニッポン版みたいな新開地が出来上ることだろう……。

ラチもなく私は、そんなことを想いながら、ふと足もとをみると、川口神社の石段のかたわらに丸い石碑のようなものが、いくつもうずくまって並んでいる。何かと思ってヤマサの専務さんに訊くと、それはウミガメの墓だという。

「へえ、ウミガメ？　あの浦島の……」

私は、そんなにたくさんのウミガメが、遠い南の海からこの利根川の河口の丘をめがけて、ぞろぞろと這い上ってくるさまを想像すると、一瞬、自分がカメの背中の上でゆらゆら揺られているような錯覚におそわれた。

河口で

利根川を上から下まで歩くつもりで、銚子へ最初に出掛けたのは、昨年（昭和三十九年）の二月である。それからだんだん上流へのぼって、大水上山の水源地へたどりついたのは七月。そこから、また同じ流れを下り、ほぼ一年ぶりで再び銚子の河口へもどって来たことになるわけだ。

人に寿命、川に命数がある

何ということもない一年間だったが、河口の突堤の立って、川のおもてと外海の波とを左右に眺めると、時の流れが岬の外へ押出されて行くのを、目のあたりに見る心持だ。

一年まえの海は、ひどく荒れており、胸に下げたカメラが、しぶきでズブ濡れになったりしたが、いまは穏やかに静まった沖の岩の上にむらがった鵜が、くもり空の薄日を浴びながら、屈託したように、翼をユックリひろげては、また思いなおしたようにつぼめたりしている……。この二つの異なった風景を結びつけて流れるのは、一年間の歳月だろうか、それとも水上の山奥から平野をうねって、この外洋に注ぐ連続した水の歩みだろうか。

私が東京に住みついてから、もう四十年ちかくになる。しかし、その東京が関東平野の一隅にあるということを、この一年間でいまさらのように考えさせられた。……都市が東から西へ向かって拡がるのは、世界的な傾向だそうだ。そういえば昔は江戸の真ン中を流れていたはずの隅田川も、いまでは東京の東のはずれに追いやられてしまった感がある。それだけ東京は西へ動きつつあるわけだろう。

この傾向は今後ますます強くなり、二十年後には東京と大阪とは、結合されて一つの長大な都市になるという説もある。

それが善いことか悪いことか、私にはわからない。しかし、そうなっても利根川は依然として東京を背後から脅かしたり、支えたりしながら流れつづけるであろう。人間は自然の条件を克服して、ここまで進んで来たわけだが、自然の法則そのものからは逃げ出すわけには行かないからだ。

家康が江戸に移ったころの利根川は、軍事的にも経済的にも、危険で邪魔っけなシロモノだった。この川を少しでも遠くの方へ押しやらなければ、江戸城はいつ水攻めにあうかもしれず、江戸の町並みは水びたしになる惧れがあった。一方、未開の原野にひとしかった関東平野に水田をひらくためにも、利根川の流れを東へ振向けることが必要だった。関東郡代伊奈備前守が父祖三代にわたってなしとげた利根川東流の大工事は、当時としては驚くべき大事業である。……この大土木事業がなければ、関東地方の水田の灌漑も運河の交通網も出来なかったし、江戸そのものが成り立たなかったはずである。

もっとも、この利根川変流は最初から計画的に、東京湾に注いでいた川を銚子の沖へフリかえたというのではないらしい。埼玉、千葉、茨城の一帯にあったたくさんの沢や川を集めて、その場その場の都合で、セキ止めたり、つないだりしているうちに、結局いまのようなかたちの流れが出来上ったということらしい。

ところで、これらの川をつなぐ役割を果した沼沢群は、じつは海から陸に向かって吹きつける風のせいで出来たものだといわれている。鹿島灘にしろ、九十九里浜にしろ、太平洋岸が大きな弓型になって凹んでいるのは、海からの風が非常に強いためであり、またそのために河川は海に注ぐことができず、内陸に大小数多の沼沢と湿地とになって残ったというわけである。霞ヶ浦、北浦、印旛沼、手賀沼等の大沼沢が、みな、このようにして出来たものだとすると、さらにそこへ利根川を大きくして太平洋へ向けたのは、水のハケロのない湿地へ水を流してヒッカキまわすのと同じだったということになる。つまり自然の沼沢群を利用して行われた利根川のツケカエ工事は、じつは大きなところで自然の地勢にさからっていたというわけだ。

しかし、これは後になって、わかってきたことであり、当時の土木技術の水準では、これがせいいっぱいのところだったのである。元来、自然と取り組む土木工事の計画など、〝自然〟という長い長い尺度の目盛りを当ててみれば、結局はどれも、その場しのぎの無計画な計画ということになるかもしれない。黄河の治水を行った堯舜について言われるように「人に寿命あり、川に命数あり」であって、百年の計を超えた治水計画など、あり得ないことかもしれない。

何はともあれ徳川以来、利根川の治水には、ずいぶんたくさんの人が頭を悩ませてきた。明治以降に出た利根川に関する事業史に眼をとおしてみても、ほとんどこの川の氾濫をどう食い止めるかということばかりである。徳田球一の『利根川水系の綜合改革』でも、その主眼は利根川の治水におかれており、川の水をどう利用するかについてはダムで電力を起すとか、ダムに雪どけの水をたたえて温かくなった水を流せば農業灌漑用には好適であるとかいった程度のことで、水そのものの価値については、それほど多くは顧慮していない。

利根川の水が世間の注目を浴びはじめたのは、一昨年（昭和三十八年）の夏、東京の水道が止って、「これではオリンピックも出来ない」と、河野オリンピック大臣が、利根川から東京へ水をひく用水路の工事をセキ立てたりしてからのことであろう。……無論、東京の水不足は、何年も前から、その方面に知識のある人たちの間では予想されていたし、利根川から水を取ることも計画されていた。しかし私たちは一般に、水道の蛇口をひねってポタリとも水の落ちないときに、はじめて「いまの日本に一番不足している資源だ」と言われていることを実感として受けとめたのではないだろうか。

こんなことは、子供のころから、「日本は何もない国だが、好い水と風光とには恵まれている」と教えられてきた私たちには、ユメみたいな話だ。高温多湿で、毎年のように台風と洪水の被害をうけている私たちが、水不足に悩まされるのは、まったく納得しにくい気がする。けれども、考えてみれば水の被害をうけるところだからこそ、いざという時には水が足りなくなるともいえる。そんな例を私たちは、椿海の干拓地である干潟の農地でも見てきた。干潟の周囲の丘陵部の土地には用水池があって、雨が降っても水に浸らず、日照りのときにも水に困らないが、反対に低い土地はいつも水害の危険にさらされながら、日照りがつづくと遠くの丘陵部からの用水路は閉ざされて、真先に干上ってしまったという……。わが国が洪水と水不足と両方に悩まされるのもこれと同じリクツであろう。つまり周囲を海に閉ざされた狭い島国の日本には、ふだん余った水を貯えておく余裕がないというわけだ。

勤勉と創意工夫に感心する

さきごろ『アサヒカメラ』誌上で、セーヌ河の水源から河口までを写したH・C・ブレッソンの写真をみながら、自分の見て歩いた利根川と想い合わせて感慨にふけらざるを得なかった。セーヌと利根と、川の大きさの比較は簡単には出来ないことだから止めておこう。要するに、どちらも長い距離をうねり流れる大きな川だ。流域には古い町、大きな都会がいっぱいある。ところで利根川の源流は、近づき難い高い山の頂上ちかくの雪渓の下にうずもれているのに、セーヌの水源は小さなノドカな丘の上の、原っぱの真ン中にある石畳の井戸から湧き出る水なのである。……そのミゾのような小川を、ピクニックにでも来たらしい親父さんが、坊やを抱えて、ひょいと跨いでいる写真がある。われわれがヘルメットやらザイルやらで武装して、あげくの果てはヘリコプターで、ようやく利根川の水源地を眺め下ろしたのとは、えらい違いだ。

明治初期に政府が招いたオランダの河川技術者が、わが国の諸河川を視察して、

「これは川ではない、滝だ」

と称したのもナルホドと思われる。狭い島の中に山ばかりあるわが国の川は、雨が降ればたちまち激流になって、畑も人家も押流し、少し天気が続くと干上ってジャリと石コロばかりの河原に変ってしまうのである。しかも、そのジャリも最近コンクリート工事がさかんになると、またたく間に掘りつくされて、川は変形し、水の流れも不自由になるという有様だ。世界中でジャリがこんなに足りなくなって困っているなどという国は日本だけであるらしい――。これについて、徳球の『綜合改革』は利根川の河床をグンと低くしなければならないと説きながら、むしろ河床を掘ったときに出る土砂の棄て場のことを心配している様子の見えるのは、おもしろい。

「……土砂が余るときには、砂利や石とともに、道路の改修資材として、また住宅を含めての恒久建築物の資材として使うことができる。農村にいくと道らしい道はないので、せめて砂利道に、できればコンクリート道路にしなければならないのである。（中略）これでも、なお余る場合は、東京湾の造陸に使われるであろう」

こんなところを読むと、このパンフレットが出版された昭和二十七年ごろの日本の状態が、いかにもよくわかる。つまり、この当時には農村にコンクリート道路の出来るといったことが、一種の夢物語だったわけだ。

想えば、われわれの祖先は、この狭苦しい国土を、乏しい材料でよくもここまで開発してくれたものだと、その勤勉さと創意工夫のゆたかさに感心させられると同時に、戦後の日本の経済的発展にも、あらためて眼をみはらずにはいられない。

隅田川

隅田川

数年前、東銀座にまだ大統領にならなかった頃のニクソンの姿を、ときどき見掛けたりするバアがあった。戸口に〝メンバーズ・オンリー〟と英語で書いてあって、いかにも高級であることを誇示しているような店であったが、或る時刻になると突然、店じゅうがオワイの臭いに浸されてしまうのであった。

ホステスが袂で鼻を抑えて立上がり、バアテンが噴霧器のようなものを抱えて駈けまわる。一体なにごとが起ったかと思う騒ぎであるが、聞いてみると、これが隅田川に潮のみちてくる臭いであった。

私はそのとき、隅田川がこんなにも銀座の近くを流れているということに、なつかしいような気がしたが、同時にその隅田川が川というより、いまや巨大な汚物の沈澱地帯になっていることを知って、なにか暗然とさせられた。

そういえば、その頃、先輩の池田彌三郎氏に話をうかがっていて、たまたま隅田川のことが出たとき、

「ああ、あれはもうフタをして、川全体を下水にしちゃった方がいいんですよ」

と、ひどくアッサリいわれて、びっくりしたことがある。池田さんは江戸ッ子であり銀座育ちである。それだけに、われわれと違って、池田さんは、隅田川についての想い出も郷愁もひとしお深いものがあるだろう、とおもっていたのだ。

しかし考えてみれば、池田さんにとって隅田川は、郷愁などという感傷の対象になるものではなかった。それは自分の家の庭つづきにひとしい現実の場所なのであった。きたない、臭い、有毒のガスを発生する巨大なドブに過ぎないものを、保存などといって、いつまでも放っておかれては、現実にこまるのである。一日でも早く、臭いものにはフタをして、なろうことなら土一升、金一升の土地柄である、駐車場にでも何にでも利用出来るものにして貰いたい——。これは池田さんに限らず、隅田川の近辺で実際に生活している人たちの実感であろう。

げんに銀座、京橋界隈といわず、都心部のいたるところにあった掘割は、ほとんど埋立てられて、商店の並んだアーケードや、高速道路や、貸事務所などになっている。そんな埋立地の一部がベンチなど置いた小さな広場になり、そのすみに、

「数寄屋《すきや》橋ここにありき」

という石碑が立っていても、いまさら振り返る人もいまい。「君の名は」というすれちがいドラマが戦後の一時期、全国婦女子の人気をあつめたといっても、そんなものは空中の電波とともに、すでに跡形もなく消え去ってひさしいのである。

数寄屋橋でさえそんなだから、まして土橋、三原橋、万年橋、それに三十間堀、三味線堀などという名前は、流行歌にうたわれた風俗としてさえ、いまや大半忘れられてしまったであろう。隅田川にしても、これらの掘割と同じ運命をたどらないとはいえない。そうなれば、勝鬨《かちどき》、永代《えいたい》、清洲、両国、白鬚《しらひげ》などという橋も、みな数寄屋橋ほどに惜しまれることもなく、橋桁《はしげた》とともに埋立てられるか、道傍に埃を浴びたまま見棄てられて行くことであろう。そして東京は、文字どおり世界に類のないドライな都市として、ますますドライに発展をとげて行くに違いない――。

これは、東京という都会の性格や、隅田川という川の成立ちを考えると、決して荒唐無稽な空想ではない。むしろ極く自然な成行きであるとさえいえる。

隅田川は、江戸時代から最近まで、水上輸送と水の調節、そして市民の行楽の場としての役割をつとめてきた。しかし、以上三つの役割は、すでに他のものに取って代られたといっていい。船の代りにトラックがあり、水の調節にはダムや荒川放水路がある。そして行楽やレクリエーションにはグアムやハワイにまで脚をのばす時代なのである。
それにしても「汚れた隅田川は暗渠《あんきょ》にしてしまえ」というのは江戸ッ子の気の早さだろうか？　元来、東京の人は川にはほとんど無関心だったようである。
《そこで私は窃に疑ふ、江戸の人は上方の人よりも水を畏れぬであらうか、「地震、雷、火事、おやぢ」といふ江戸の諺がありますが、水害といふことが加はつて居ない、是はどうしたものであらう。昔の江戸人も今の東京人の如く、洪水の来るのを坐して袖手傍観《しゅうしゅぼうかん》して、畏怖の念はなかった歟《か》、将又此天より下す雨の害、即ち水の害を防ぐといふことは、到底人力で及びが付かぬと失望した者歟、（中略）いづれにしても私は江戸、東京の人の水害を怖れぬと云ふ事情は、江戸の昔から由来するだらうと疑い、又多少意味のあることと思ひますが、実に不審千万です。恐らく「おやぢ」任せに、無頓着に暮らした故かも知れん。》（吉田東伍『江戸の治水と洪水』明治四十三年、日本歴史地理学会講演）
昭和初年に荒川放水路が出来るまで、隅田川は年中行事のように氾濫と洪水を繰り返した。にも拘らず、江戸の昔から東京人は水害には無頓着だったというのである。いまこれを川の汚染と公害とに置き換えても、同じことが言えるのではないか。或いは、これは東京人といわず日本人全般の気質といった方がいいかも知れない。東京には日本全国から集った人が住んでいるのであり、東京人は日本人の気質を代表しているとも考えられるからだ。

私は、こんどこの原稿を書くについて、いくらかの本を読みあさった。そのどれにも昔の隅田川は良かったように書いてある。おそらく、それは本当だろう。永井荷風によれば、《物徂徠は墨田川を澄江となしてゐた》という。また澄江堂芥川龍之介は、東京のにおいは隅田川であるとして、そこには《岸の柳の葉のやうに青い川の水が流れて》おり、《大川ある故に東京を愛す》と述べている。徂徠、荷風、龍之介に限らず、文学を通じて見るかぎり、東京人は川に無頓着どころではない。江戸の昔から隅田川は心のふるさとであったように思われるのである。

しかし、本当に彼等は、この川を愛していたであろうか？　もし、そうだとしたら、どうしていまになって、いくら川が汚れたからといって「フタをして下水にしちまった方がいい」などと言い出せるものだろうか。じつのところ私は、東京の住民が川に限らず自然を愛してきたかどうか、大いに疑わしいものだと思っている。それはノスタルジアとしてならば、いろんなことを言うであろう。

「隅田川でも昔はシャケがとれた」

とか、

「白魚なんぞは、ついこの間まで、両国のまわりで、いくらでも泳いでいた」

とか、

「田舎から来た連中が欲にかられてすっかり川を汚しちまった」

とか……。たしかに、おもいでを語る言葉は、すべて優しく美しい。しかし現実の隅田川は、いつもこんなに優しく美しいばかりであったであろうか。井伏鱒二の最近の随筆『早稲田の森』には隅田川に注ぐ小さな支流で人が溺れ死ぬことが書いてある。

《そのころ芭蕉川は、善公の店の隣の水沢材木店のわきから暗渠に流れこんでいた。土砂降りでその入口がつまったので、水沢材木店の主人が近所の人に塵芥を浚わせていた。すると、その人が濁流のなかに落ちて暗渠に吸いこまれた。「流れて出るのは関口の大滝だ」と、廻陽軒の主人が合羽を被って飛び出して行った。その日は大滝のあたりから大曲へかけて大出水で、江戸川橋の手前の羽衣館という活動写真館の前まで寄波が来ていたそうだ。無論、廻陽軒の主人は空しく帰って来た。暗渠に吸いこまれた人は、今日は頭痛がするからと云って、いやいやながら塵芥浚いをしていたという。出水のときの暗渠は凄味を見せる。》

この井伏さんのいわれる関口の大滝は、私は何処にあるか知らない。いずれ目白の台地から音羽、牛込の窪地にかかる斜面の途中にあるに違いない。何にしても、芭蕉川という細流は暗渠をくぐりながら、関口を通じて神田川に合流し、神田川は隅田川に注いでいる。

つまり、早稲田の森に発した小さな流れが曲りくねって結局、隅田川に結びつくわけだ。これは古い東京を知っている人には何でもないことだろうが、私には思い掛けないことであった。

隅田川といえば、私は直ぐに川向うの土地やゼロ・メートル地帯を思い浮かべる。しかし意外にも、それは東京の山手、或いは更に遠く西北方の郊外にまで同じ水脈がのびているのである。その一つ一つをたぐることは、なにか旧家の血縁関係をたどるような興味がある。しかも、それは歴史や系図と違って、げんにわれわれの眼で見、足でたしかめることの出来る血縁である。いつの日か私は、それらの川や支流や掘割や、要するに隅田川に結びつくすべての流れをボートにでも乗って可能な限り遡《さかのぼ》ってみたいという念願を持っている。

それらのドブ川は、おそらく泥沼になったり、暗渠になったり、又は高速道路の橋脚の下敷になったりして、大半は遡行不可能であろう。しかしまた、どんなところで思い掛けない流れに、ぶっつからないとも限らない。それは私には、自分自身の過去や生い立ちを探り当てて行くようなスリルと期待を抱かせる……。代々四国の土佐に住みついてきた家の私が、どんなに細かく隅田川の支流を探ったところで、そこに父祖の血縁に当るものを見出すわけには行かないにきまっている。ただ私のような流れ者でも、この東京という土地に流れ着き、一定の場所に住みつくまでには、この隅田川の支流のように、地下にもぐったり、塵芥の中にメタンガスを発生させたりしながら、次第に本流に結びつくといった過程に似た何かがある。

私の母方の祖父は、明治初年に東京に出て従兄の始めた保険会社を手伝った。だから母は日本橋瀬戸物町というところに生れた。その近辺にも隅田川に通じる掘割は流れていたはずである。また私自身は高知県で生れたが、生後二、三ヵ月で、府下南葛飾郡小岩村につれてこられた。その小岩と対岸の市川鴻之台のあたりが私の幼年期をすごした土地であるが、この二つの町を隔てる江戸川は、利根川から分れた隅田川の傍流である。

「一河は万河に通ずる――」これはテネシー峡谷開発計画の立案者リリエンソールの言葉であるが、かつて東京の中心を貫いて流れた隅田川も、いまは腐敗し、糜爛《びらん》し、気息奄々《きそくえんえん》たる状態ながら、なおも死に絶えることなく、東京の東郊から西郊にかけて広い地域に、血管のような細流をはりめぐらせて生きつづけているのである。私たちが、ゆきずりに名もないようなドブ川の流れにも、ふと心をひかれることがあるのは、おそらく「一河は万河に通ずる」という事情を、無意識のうちにも自分自身にあてはめて感じ取っているせいではないか。

私は、敗戦の直前、胸部疾患のため陸軍二等兵を現役免除になって東京に戻りつくと、まず一とあたり世田谷代田にあったわが家の焼け跡の土地を徘徊したのち、何とはなしに隅田川の川口にかかる勝鬨橋にやってきた。そして、この長い橋を何度か往ったり来たりしたあと、橋の中央に立って、川下から川上を眺めわたした。

いったい何のためにこんなことをしているのか――? 他にも、しなければならない用事がないわけではなかった。区役所、学校、配給所などへ、復員や復学の届けも出しに行かなければならない。しかし私は、この赤錆びたトタン板と瓦礫に覆われた廃墟の街をほっつき歩いて、そのような場所を探し求める前に、まず、ここが東京だ、とハッキリわかる場所にきてみたかったのだ。そして私は、この隅田川の川口に立って、文字通り、国破れて山河の在ることを悟らされた。

私たちの憶えているかぎり、隅田川が一番きれいに流れたのは、国が最も疲弊した敗戦前後の一年間ぐらいであったろう。

何十年ぶりで隅田川で白魚がとれた、などといわれたのも、この頃である。しかし、その頃の東京都民は、みんなウツケたようになっており、「白魚がとれたって、酢もショウユもないのに、どうやって食うんだろう」と思うぐらいで、川の水がどんなに澄もうと濁ろうと、そんなことにはかかずらわってはいられなかった。

だいたい、白魚だろうが、ハゼだろうが、その頃の隅田川の魚は何を食って生きていたのか知れたものではない——。私は、むしろ兵隊に行っていたおかげで東京の空襲には一度も出会わず、何も知らなかったのだが、三月十日の空襲では浅草方面から上がった火と、本所深川を焼いた火とが、隅田川を押しつつみ、両岸から逃げてきた群衆が橋の上でぶっつかって、言問橋のあたり一帯は防空ずきんやモンペ姿の焼死体で埋まったという。おそらく川に流れた死体の裏側には沢山の魚がムレをなして寄り集っていたであろう。そんな光景を眼の底に焼きつけられたように憶えている人たちが、どうして隅田川の魚を食う気になれただろう。

八月十五日の正午過ぎ、私は国電総武線でこの川を渡った。ついいましがた平井の駅で電車を下ろされ、雑音のひどい拡声機できいた天皇の声が、まだ耳の中に残っていた。あれは、まことに奇妙なものだった……。ゆっくりとノリトのように調子をつけたカン高い声は、宇宙衛星をへて月から聞える声よりも、もっと遠くの方から、もっとさまざまの不協和音に包まれて、とぎれとぎれに、日盛りのプラットフォームに流れてきた。

何が起ったのだろう——？

拡声機のまわりに集った人たちは、皆〝新型バクダン〟よけに効果があるというので、白いシャツを着ており、それが真夏の日射しにマブシかった。どうやら戦争は終ったらしい……。しかし、そのとたんに耳についたのは赤ん坊の泣き声だった。ガランとした電車に女が一人、子供を背にしょったまま、ぼんやり座席にすわっている。一瞬、啞然となった私は、プラットフォームで日にさらされているのが馬鹿々々しく、拡声機の傍をはなれて電車に乗った。やがて電車は、大勢の人をプラットフォームに残したまま走り出した。亀戸、錦糸町、両国、どの駅にも人は俯向いて立っており、乗る者も下りる者もないままに、電車はムナしく戸をあけたてしただけで、それらの駅を通り過ぎた。

なんてラクなんだろう、こんなに空いた電車に乗ったのは、ひさしぶりだ——。

いっぱいに明け放った窓から涼しい風が吹きこんでくる。ふと見ると、ギラギラと白く光った隅田川の川面が、残忍な動物のように曲りくねって眼の下を流れていた。その瞬間、なぜか私は言葉にはならぬ声のようなものが胸に突き上げてくるのを覚えた。

この声や、この想いが、何であったか、私にはわからない。ただ、当時を振り返って、あのプラットフォームできいた〝玉音〟や、駅ごとに頭を垂れて立ちつくしていた群衆の姿や、そういうものがすべて束の間の夢かマボロシのように、本当のこととは思えない気がするのに、この川を渡った瞬間、腹の底からこみ上げてきた声にならぬ声だけは、たしかな手応えで、まだ私の心の中に聞えてくるようだ。

とにかく自分は生き残った。だからこれからさき、たとえ自分一人になっても、何としてでも生きつづけなくてはならない——。

何か、そんなふうなことを口のなかでツブヤくともなくツブヤいていたような気もする。

ところで、隅田川とは何処から何処までを指していうのか——？　これは諸説ふんぷんとしてハッキリしない。それどころか、隅田川という名前も、じつは建設省の河川台帳にも、都の河川表にも出ていない。要するに、それは荒川の岩淵水門あたりから下流は永代橋あたりまでを指す俗称だというのである。とすると、永代橋から下流は何というのか？　江戸の人たちはそれは海だと見做していたのであろう。江戸の初期は深川は低湿地帯でゴミ棄場だったというから、江戸時代より以前は東京湾がさらに北まで食いこんでいたことになる。

しかし、現在のわれわれにとっては、隅田川は、やはり勝鬨橋が川口になるだろう。銀座四丁目から真直ぐ築地へぬけると、そのはずれにあるのが勝鬨のハネ橋である。

この橋が出来たのは昭和十五年、私が満二十歳のとしだ。

昭和十五年は皇紀二千六百年である。けれども、それは日本にとっても私個人にとっても、決して好いとしではなく、いわば一億総幻滅のとしであった。

本来なら、東京オリンピックも、万国博も、この年にひらかれるはずであった。しかしシナ事変は絶望的な泥沼状態になり、ヨーロッパはヒットラーの電撃作戦がフランスを席巻して、とてもオリンピックやエキスポどころの騒ぎではなかった。さらに私個人は、その年の春、何処の学校の入学試験にも皆落ちて、浪人三年の受験生は、さすがに人生に対して甚だ懐疑的になっていた。

そんな中で、勝鬨橋の完成は数少ない明るい話題の一つだったといえる。

私はその頃、古山高麗雄など四、五人の仲間と〝風亭園倶楽部〟なる回覧雑誌をつくって、小説書きの真似ごとをはじめていたが、橋が完成して間もなく、皆で銀座から歩いてハネ橋が上がるのを、わざわざ見物に行ったおぼえがある……。時間がくると、チンチンチンと鐘が鳴って、幅の広い道路が眼の前でムクムクふくれ上がるように持ちあがって橋が開く。と、傾斜した道路がスベリ台のようになって、路面の塵や埃が空の上から舞い下りてくるのが、ふと幻想の中に現実が入り混ったような壮大な感じがした。

その翌年、慶大予科に入学すると私は、この橋のたもとの築地小田原町の路地奥に部屋を借りて住んだので、一日に何度もこの橋が上がり下がりするのを眺めたが、そうなっては勿論、毎度感激するわけには行かなかった。私はその頃のことを小説に書いたので、少々それを引用するのを許されたい。

《海軍経理学校の前の横丁を入って、いくつもの細い路地をまがつた奥の、新しく建つた二軒長屋で、二階二た間、下二た間だけの真四角な家の二階のひと部屋が僕の住居だつた。六畳で間代は二十円、あとで考へるとこれは相場の倍ぐらゐ、ずゐぶん高いものだつたが、そのときはともかく貸してくれるといふだけで、とびついてしまつた。……駒井と高木とは地方出身だから下宿さがしも慣れてゐたが、東京に家のある僕と山田は、紹介もなしに一体どうやつて探すものやら、それさへ心細かつた。床屋や新聞取次店で下宿の案内をやつてゐるのを知つて、山田と僕は二人して方々あたつてみたが、行く先きではどの家でも学生服姿の僕らを、ひどく怪しんだ。すでに僕らは両親を説得するのにも、ひと苦労してゐた。ちやうど僕の母は父の任地先へ行かなければならなくなつてゐたので、他所へ下宿することは許してくれたが、どうしてそんなゴミゴミした町の中へ行くのか、と僕らの意図を解さうとしなかつた。それでも親はどうにか納得させたが間貸しの主は、また僕らを一層途方もない連中と考へるらしかつた。
「じつは江戸の情緒を味ひたいと思ひまして……」
玄関先でこんなことを、真面目に云へば云ふほど怪しまれるだけであつた。》
何のためにそんなことをしたのか、その当時から私自身にも、よくわかっていなかった。しかし「江戸情緒」にあこがれたわけではないにしろ、東京の下町というところに一度住んでみたいと思ったことは事実だ。とくに川のほとりの、芥川龍之介のいう《東京のにほひ》のするところを、文字通り匂いだけでも嗅いでみたかった。

それに築地なら、木挽町の歌舞伎座も東劇も近いから散歩がてら一と幕の立見も出来るし、魚河岸のまわりは食べ物屋が多いから食事にも便利だろう、等々、私は初めての一人暮しを夢のように考えていた。その夢は簡単に破れた。さっきの小説を、もう少し引用させて貰う。

《荷物を送りつけると、その晩から僕はその家に泊つた。……生れてはじめて、自分が自分でえらんだ家に住む。そのことだけで僕の胸はすでに一ぱいなのだ。不安や寂寥の感じがともなへばともなふだけ、一方から希望、期待、抱負、が次々にわき起つてくる。が、ふとんに入つて電気を消した、ほとんどその瞬間、首すぢのあたりに電撃の痛みを与へられて僕のあらゆる思考は一挙に一点に集中されることになつた。……ムシが僕の首を刺した、とは僕は暫時のあひだ信じることができなかつた。それほどに痛みは物凄かつた。しかも、一体どうしたことだらうと考へるひまもなく、第二、第三、と方々を喰ひ付かれる間に僕はカブトムシのやうなものが身体のまはりを這ひまはつてゐるのを感じて電灯をつけた。すると、小さなアズキ大の真黒なムシが何疋も壁に向つて一直線に走つて行くのだ。電気を消して寝ようとすると、またやられた。けれども僕はもう驚きはしなかつた。交る交る刺しにくるムシのために僕は一晩中ねむれなかつたが、痛いよりも、かへつてある感既にふけつてしまつた。それは、いまや自分が、予想したものとは異つたかたちではあるが、これまで入つたことのない別世界に足を踏み入れたといふ実感だつた。》

あれから、すでに三十一年、私は無為徒食の青年時代を振り返って、あの晩ナンキンムシに食いまくられた痛みを、いまだに首筋のあたりに憶い出し、後悔ともつかぬ暗然たる気持になる。

海軍経理学校は、敗戦後しばらくアメリカ軍が駐屯していたが、いつの間にか建物をすっかり取り払われて、いまは鉄柵をめぐらせた広い自動車置場になっている。けれども、道路一つへだてた向い側の一劃は、不思議に戦災にもあわず、あの当時の家並みを、ほとんどそのまま残している。……東京の都心部には、かえってこのように〝戦前〟の町がポツンと置いてきぼりを食ったように残っていることがある。私は自動車などで通りすがりに、そんな町の様子を見掛けるたびに、なにか古痕に触れられるおもいでギクリとなる。しかし、その一方、犯罪者が無意識に犯罪現場に戻りたがるような誘惑を感じて、これまでにも何度か、そのゴミゴミして、悪臭にみちた路地奥に足を踏み入れかけたことはある。

あれは、もう十何年か前のことだ。私はたまたま何かの用で築地までできたついでに足をのばして、この小田原町の路地に入ってみた。奥へ行くほど狭苦しくなる道を、何度もカギの手に曲ったそのどん詰まりに、薄っぺらなモルタル塗の二階家が、腐りかかったように黝んだまま立っていた。そして、その入口にＹ……という表札が、当時のままに掛かっているのを見た瞬間、私は思わず背をかがめて泥棒猫のように、その場を立ち去った。

何が怖くて逃げ出したのか、私にも良くわからない。足許にジュクジュクと洗濯水が溢れ、魚のアラの腐ったような臭いが漂っているのも当時のままであり、何度も親をダマして送らせた金を受け取った郵便局も同じ場所に残っていて、私はそれらのものにヤマシサともつかぬ懐かしさを感じていたのだが、この家主のＹさんの表札だけは、懐かしさよりも端的な恐怖を覚えさせられたのである。

私が築地小田原町にいた頃、古山高麗雄は柳橋代地のアパートに暮らしていた。まわり中が芸者屋で、昼間から三味線の音がきこえる。アパートは、私がナンキンムシの攻め立てられていた部屋に劣らず、粗末で汚ならしかったが、それでも住人の大半は誰かのお妾さんだということだった。柳橋に妾宅をかまえて江戸趣味生活にふけったのは大正期の永井荷風であるが、「妾宅」も戦時体制版ともなると必ずしも美的とは言い難かった。しかし古山は、アパートの窓から隅田川を見下ろしながら、バルザックの小説の主人公ラスティニャックの如くに嘯いたものだ。

「いまにみてろ、おれは柳橋の芸者を総上げして、両国橋の下でスイカ取りか何かやって遊ぶからな」

そんなことが、つい昨日のように憶い出される。古山の住んでいたアパートは戦災で焼けて、勿論いまはない。そして、両国橋の下で芸者にスイカ取りをやらせるような遊びは、いまや自民党総裁にとっても不可能であろう……。亀清や柳光亭や、当時から名前だけは知っていた料理屋は、いまも大川端にならんでいるが、河岸はコンクリート塀でふさがってしまったから、座敷からは川は全然見えない。こうなってはヴェニスにゴンドラが失くなったようなもので、柳橋には何の魅力もない。

しかし、もともと隅田川は、何処か裏枯れて、都会の繁栄には縁遠い風景だったのかも知れない。

《山谷堀から今戸橋の向うに開ける隅田川の景色を見ると、どうしても暫く立止らずにはゐられなくなつた。河の面は悲しく灰色に光つてゐて、冬の日の終りを急がす水蒸気は対岸の堤をおぼろげに霞めてゐる。荷船の帆の間をば鷗が幾羽となく飛び交ふ。長吉はどん／＼流れて行く河水をば何がなしに悲しいものだと思つた。川向うの堤の上には一ッ二ッ灯がつき出した。枯れた樹木、乾いた石垣、汚れた瓦屋根、目に入るものは尽く褪せた寒い色をして居るので、……》（永井荷風『すみだ川』）

そのあたりは、いまはガス・タンクと林立した工場の煙突、それに倉庫のような真ッ黒な建物によって占められており、川面は泥と油をこね混ぜた汚水の上に何やら得体の知れぬゴミを浮かべて流れている。しかし隅田川は、荷風が愛惜をこめて描いた明治時代の最も美しかった頃ですら、ルーブル宮殿、外務省など堂堂たる建築を右岸左岸にそびえさせて流れるセーヌ河などの美しさとは比較すべくもない。それは元来ヨーロッパの川とは本質的に違って、都市文明に背を向けた川なのだ。

私自身は行ったことはないが、インドのベナレスでは、すぐ傍を死体の流れている川で人が水浴したり口をすすいだりしているという。隅田川はセーヌ河よりも、はるかにこのベナレスの川に似ているであろう。つまり、すべてのものを洗い流してくれるのが川であって、川自体が汚れるということは、われわれ東洋人にはない観念なのであろう。だからヨーロッパでは川は建物の正面を流れており、東洋では逆に建物は川に尻を向けて並んでいる。こう考えると、隅田川にフタをして下水にしようという案は、東洋人の性格に西洋的近代技術思想の加わったものといえるかも知れない。

それに、もともと江戸は隅田川を活かして出来た都会というよりは、川の水を何とかして避けながら今日までやってきたというべきであろう。家康が江戸に居城を置いて、先ず手をつけた土木工事は、それまで真直ぐ江戸湾に注いでいた利根川を東に向けて銚子沖に流すようにツケかえたことである。そこに自然の地形を無視したムリがあり、そのため利根川上流に大雨がふると、その水は古利根沿いに流れて隅田川を溢れさせ、江戸市中を水びたしにして、多くの死者を出した。

隅田川の《河の面は悲しく灰色に光つて》いるのも、故なしとはしないのである。こ一と頃にくらべると、隅田川も少しは綺麗になったという。本当だろうか？　私は、このんどひさしぶりで〝水上バス〟に乗って、川の上流を行けるところまで行ってみた。

元来これは〝一銭蒸気〟と呼ばれた乗合船で、ポンポンと煙を輪に吹き上げながら、のんびりと川を上下しているさまは、子供の頃から見憶えがある。いまは吾妻橋と浜離宮の間を往復しているだけなので、普通は上流には行かないのだが、たまたまこの日は夕方から雨になり夜の便は欠航になるときいて、有志をつのり船を一隻借り切りにして隅田川を遡行したわけだ。

たそがれどき、霧雨にけむった隅田川は、対岸のビール会社のネオンサインをうつして、何か気をそそるように揺れていた。やはり川は流れている——、私は奇妙な感動とともに、そう思った。

船の中では、はやくも持ち込んだウイスキーの酒盛りが始っている。夏とはいえ濡れた甲板に吹きよせる夜の川風は結構冷たいのである。

船が動き出した。川のにおいが突然臭くなる。船尾に立つと、スクリューに泡立つ水が夜目にも薄く黄ばんで見える。じつは何年か前にも私は、この川をもっと小さな船で遡ったことがある。そのときに較べていまは川のにおいはずっと川らしくなっている、と思っていたところだった。しかし、こうしてスクリューに掻きまぜられると、川底から漂ってくる臭さは、以前とあまり変りない。

白鬚橋をくぐり抜けた頃から、雨が強くなってきた。雨脚で運転席のフロント・ガラスがくもってくる。

「大丈夫かな、こんなに大きな船で、もうそろそろ泥で底がつっかえそうになりゃしないかな」

「いや、まだまだ……。もっと、ずっと先きの方まで行ったって、底がつっかえるなんてことはありません」

いつの間にか、両岸は暗くなった。船が東岸によると、眼の下に低い人家の窓の灯がうつり、それが灯籠ながしの火のように連らなって移って行くのを、私はいつかウツケたように眺めていた。実際にそこに住んでいる人たちにとっては、自分の家の窓の灯が水面より下にうつって見えるのは、不安以外の何ものでもあるまい。しかし、こうして脹らみ上がった川の下を人家の屋根々々が滑るように流れて行くのは、何か現実の中でマボロシを見ているような美しさだった。

いわゆるゼロ・メートル地帯は、地盤が水を吸った海綿のようにゆるく、まるで泥の上に浮かんだような状態らしい。一方、隅田川は上流から押流された何百年来の土砂や沈澱物が底にたまり、川床が上がるにつれて堤防を高くすると、ますます川の水位はあがって行く。したがって、このままでは沿岸の地盤は川に較べて落ち込んで行くばかりであろう。一体これをどうするつもりか——？

こんなになるまで放って置いたのは、たしかに政治家の無為と無責任のせいでもあろう。しかし単に政治の無力と不誠実とを責めるだけでは、どうにもならぬ問題が土地そのものにもあるに違いない。最も単純な解決法としては、何処か他に土地を求めて、ここに住んでいる人たちを、そちらに移すことであろう。しかし実際には、それはほとんど不可能なことだ。第一ここは江戸時代からつづいた最も古い土地であり、東京のふるさとともいうべき町なのだ。代々ここに住みついてきた人たちにとっては、他のどんな場所にもかえ難い古巣であろう。それは私たち〝よそ者〟が、ちょっとこの土地を歩いてみるだけでもわかることだ。

このゼロ・メートル地帯と少し場所は違うが、じつは船に乗るまえに、自動車で月島から佃島に渡って、住吉神社のまわりをぶらぶらした。ここには震災にも戦災にも焼けなかった古い町家が残っている。しかし、それは単に偶然に焼け残ったのではなく、町の人たちが一致して必死に火を防いだからであるという。

佃島で私は、一〇〇グラムで百八十円のアサリの佃煮を買った。勿論、このへんではアサリも何もとれるわけはないので、何処かで買い集めてきたものを、煮て売っているだけだろう。しかし隅田川の川口でも、アナゴなどは少しはとれるらしい。それが特別うまいかどうかはともかくとして、古い東京の人たちには郷愁を誘われるものがあるだろう。

ニューヨークやパリでトロの刺身や鮨がいくらでも食えるようになったのと引き換えに、東京では江戸前の魚がめったに食えなくなった。文明の発達とは所詮こういうことに過ぎないのであろうか――。

いったん荒川放水路に抜けたポンポン蒸気を、もう一度、隅田川へ戻して、汚染の最もひどいといわれる上流の新河岸川のあたりまで行ってみた。暗くて水の色はわからなかったが、上流に行くにしたがって、まるで鍋が煮つまってくるように、川の水が次第に重くなり、船の底にネバリついてくるようだった。

しかし前にも述べたように、数年前にくらべてたしかに隅田川の汚染の度合いは減ったようだ。以前は、岩淵水門を過ぎるあたりからは、川面に分厚い泥土の層が張ったようになり、川というより腐った泥田のようだった。いまはドブ川なりに、川であることは誰の眼にもわかる。

遅まきながら、公害についての認識は一般に数年前とは比較にならぬほど広く、また深刻になった。たとえばスモッグの被害は誰もが認めざるを得なくなった。川の汚染は、流域の人以外には直接の関係はないようなものの、汚水をたれ流しにしているようなところで空気が綺麗になる道理はないのである。……汚れて行く一方だった隅田川が、いくらかでも川らしくなってきたことは、一応公害対策が効果をあらわしたことに違いない。

あれは前首相佐藤栄作氏が池田勇人氏と自民党総裁を争っている最中だった、私は或る雑誌社で佐藤氏にインタビューをした。そのとき佐藤氏は、自分が政権をとったあかつきは文化庁を設置して、大いに文化を政策の面に打ち出すと言っていた。たまたま、当時の池田首相がフランスで故ドゴール大統領から〝トランジスターのセールス・マン〟とかいわれたという噂のあった頃で、佐藤氏としては自分が池田氏のように〝非文化〟的ディスインテリでないことを、大いに力説する必要があったのであろう。

ところでドゴール大統領に起用された文化相アンドレ・マルローは、その頃、パリ市内の建物のスス払いという大事業にとりかかっており、真っ黒だったノートルダム寺院やオペラ座を真っ白にみがき上げて、これではパリのイメージがこわれる、とか何とか、しきりに話題になっていた。佐藤氏も、ドゴールの向うをはって文化庁をもうけるというからには、東京の街を綺麗にするつもりはあるのだろう、と私は思った。

しかし東京には、ノートルダム寺院のような古い立派なお寺はないし、築地の本願寺や歌舞伎座なんかは、いくら磨いてみたって仕方がないだろう。それよりは、まず隅田川のドロすくいでもやって、せめてセーヌ河の半分ぐらい綺麗にしてもらいたい――、と私はそんなことを大マジメになって申し入れた。しかし佐藤氏には、これは何とも幼稚きわまるトンチンカンなものに思われたに違いない。

「なに、隅田川？」

佐藤氏は、あのギョロ眼をむいて、（こいつは正気かネ）といわんばかりに私の顔をまじまじと見詰め、

「そんなことより文化だよ、キミ。キミも文士なら文化が大切なことぐらいわかるでしょう。わたしが政権をとったら、文化的な政治を大いにやるよ、近代文学館にも財界から寄付させるしネ」

船から上がって、隅田川を振り返ると、何やらタメ息の出るような感慨がある。汚れきった川が傷ましいというだけではなく、川の流れに乗って眺めた東京という都会も、また何ともうら悲しいものに感じられたからである。

もっとも、これはただの感傷ではなく、実際に眼も多少痛くなっていた。船に乗っている間は気がつかなかったが、家へ帰ってみると服全体に薬品のような臭いがしみこんでい

るのである。ほんの二、三時間、川風に吹かれただけでこれだから、川で暮らしている人たちや川の傍に家のある人たちは、たまったものではあるまい。

《此が「東京」と云ふものか。此が「今日」と云ふ時代と生活との代表者である。此の怪物と相対して紅雨は今更の如く無限の恐怖、怨恨、悲哀を感ずる。何故と云つて紅雨は此の怪物こそ自分が言葉に譬へた通り遂に醜い怪物として遠からず消えてしまふものであらうと信ずるからである。幾世紀を経て若し茲に一代の歴史家が筆を執るとしたならば、彼は鎌倉江戸時代と、そして吾々の知る可からざる未来の時代との間に、この怪物を過渡期と称する一小項の中に造作も無く葬つてしまふに違いない。（中略）ポンペイは地の下から掘出されると共に其処に生きてゐた天才の事業は不朽になつた。もし其れと同じやうに、他日極東の都会の古跡を探る旅人があつたならば、彼は却て帝国劇場の礎には気も付かずして、江戸城址の濠と石垣とに時代の光栄を見出すであらう。》（永井荷風『冷笑』）

これは明治四十二年、東京朝日新聞に連載された小説であるが、ポンペイの如く地下から発掘されるまでもなく、荷風の嘆いた帝劇は建直されて、いまや巨大な石鹼箱のような姿をお濠端にさらしている。かつては欧米一流の演奏家を招いて、帝都の貴顕淑女を一堂に集めたその劇場には、いまは浅草の演劇作者が進出し、ブロードウェイまがいの音楽劇を上演して大衆の呼びこみに大童である。

そういえば、こんど私は何年振りかで浅草へも行ってみた。さびれているとは聞いていたが、六区の興行街は本当にもぬけのカラのような淋しさだった。瓢簞池を埋立てた跡にあった建物も取りこわされて板囲いがしてあり、その向う側に、これも建築足場を組んだコンクリート製の五重塔が金ピカの宝珠を覗かせていた。所在なさに私はロック座に入った。舞台では日本髪のかつらをつけた女が二人、裸で取っ組み合ってレズビアン・ショーを熱演中であった。……客は三分も入っていない。頤を舞台の端に乗せて女の脚を見上げていた白髪頭の客が、隣の私を振り返ると、首をふりながら、

「やっぱり都内はダメだねえ、取締りがきつくて、マジメに見せてくんないからねえ」

と、こぼした。しかし、こんな具合に気軽に話し掛けてきたりするのは、浅草には人恋しい客が集っているからだろうか。晩年の荷風が一人でここによく出掛けてきた心持もわかるような気がする。

ことのついでに私は、白鬚橋を渡り、玉の井へ行ってみた。昔、女が小窓から顔だけ覗かせていた家の集っていた一劃は、たしか赤線禁止になる以前から何処かへ移転して、もうこの町にはない。ただ、町の通りを歩いている人たちの顔つきは、三十年も前に私がここへ遊びにきていた頃の人たちと、ほとんど変りないような気がするのは、なぜだろう。百花園は江戸時代からある公園だが、日比谷公園などと違って、昔からある日本の草花

を植えた庭が、いまの私には言いようもなく懐かしかった。泥水をたたえた古池のまわりにキキョウが紫色の花をつけている。ベンチに腰を下ろしていると、塀の外にうるさく聞えていた自動車の騒音がふと遠のいて、かわりにジーンと、地の底から湧き出るようなムシの声がきこえてきた。おそらく、それはこのあたりが江戸の郊外であり別荘地であった頃から、代々、夏になると鳴きつづけてきたムシなのであろうか——私は、しばし茫然と、そんなことを考えた。

新隅田川叙情

隅田川といえば、私は何年か前の暮れのことをふと思い出す。——

そのとし世間は古今未曽有のボーナス景気とかで、大いに沸いていたが、筆者の友人M君のつとめる会社は、ボーナスどころか、月給の遅配にならなかったのがめっけものという状態で、当然M君はすこぶる浮かぬ顔つきだった。

しかし、こういうときだからこそ、ぜひ忘年会だけはやりたい、とM君は言い、けなげにも幹事役をひきうけた。だが、先立つものは金だ。はじめは会社に、せめて一人頭、千円からそこらの金は出させるつもりだったが、どうやらそれさえ怪しくなり、半端な金ならいっそ全然もらわない方がいい、ということになった。

社長が、いくら出すと言ったのか、それは私は聞かなかった。

「もし、これが一年前のおれだったら、早速その金を持って競馬に出掛けて、三倍ぐらいに増やして、その金で忘年会をやる手もあるんだが、あいにく今年のおれは会社と同じで、ぜんぜんツイてないんでなア」

M君は、ざんねんそうに語ったが、私には、それよりもM君が他人の金で馬券を買うことを考えるほど困っているのかと思うと、憂鬱だった。といって私にはM君の危急をすくうべく、M君の会社の社長に代って忘年会の費用をポンと出す、などということは到底不可能であり、M君もまたそんなことは全然アテにもしていない。他人事みたいに、こんな話をたんたんと語ってきかせるのだが、それはただの世間話として聞くには、友人としてはツライ話だった。

ところで、これがなぜ隅田川と関係があるのかといえば、じつはこれにはオチがついている。

数日たって——或る日もう年が明けてからだったかもしれぬ——、M君とまた顔を合わせると、

「れいの忘年会ね」とM君は、妙にニコニコと機嫌のいい顔つきで言った。「あれ、とうとうやっちゃったよ」

「じゃ、やっぱり競馬に行ったのか」

私はギョッとして訊きかえした。

「いや、馬券は買わなかったよ。やっぱり危いからな。そのかわり……」とM君は、ますますうれしそうに笑いながら、私の顔を覗いて言った。「有志の者が十人ばかり集まって、めいめいがポケットの金を出し合った。その金で、まず塩せんべを買えるだけ買って大きな紙袋をかかえて隅田川のポンポン蒸気に乗った。それで船の上から銀座だの、浜町、両国、浅草だのの灯をながめながら、塩せんべをポリポリ食って、それを食いおわるまで船の中でだべり合って散会にしたんだが、料亭の灯が川面にチラチラうつるのを眺めて、この会をミズカラナグサメル会というのは、しゃれてるだろう」

いまのM君は、他の会社へ移ってから急に運が向いてきて、自ら慰めなくても柳橋の料亭から、川の水にうつる灯をながめられるようになっている。別に、馬券が当り出したわけではなく、新しく入った会社の景気がよく、M君の仕事そのものが当っているのである。……べつに珍しくもない話だが、いまのドブ泥の隅田川に、いささかでも都会のペーソスが感じられるとすれば、こんな何でもないエピソードが、数限りもなく注ぎこまれて塵芥と一緒くたになりながら、何食わぬ様子でゆったりと流れているからだろう。

山の谷間や、平地の畑地を流れている川も悪くない。しかし人家のゴミゴミした都会の真ン中を、たっぷり膨れ上った水が河幅いっぱいに流れて行くのを見るのが、私は一番好きだ。

だから、いまの隅田川はいくら汚れて（本当は汚れているどころではないのだが）いても、埋立ててしまえ、とか、川全体にフタをして暗渠にしたらどうだ、という計画やら意見やらが、新聞などに出ていたりすると、仮にそれが実現不可能な場当りの思いつきの発言だとわかっていても、本気で腹が立ち、ドナリこみにでも行きたいような気になってくる。——勿論ドナってみたって仕方がないし、だいいち自分自身しょっちゅう馬鹿げたことばかり言っているくせに、ひとの言っていることに文句をつけるのも厄介だ。しかし、じつのところドナリこみたくなるのは、隅田川を埋立てたり、暗渠にしたりという案が馬鹿げているからではない。逆にそれはいかにも現実に即しており、いまの東京都政というか、都市発展のあり方を、はなはだドライに率直に反映していると思うからである。いまのところは、まだ隅田川にフタをして暗渠の下水につくりかえることは、金がかかりすぎて実現不可能だろう。しかし、いつかは東京の地価はその土木工事の費用に見合うほどツリ上るにちがいない。そしてモウかるとなったら、必ずや隅田川は下水道になり、そのうえにデパートや、パチンコ屋や、キャバレー、その他、いまの東京の街中にあふれているもろもろの建物がひしめき合うようになるにきまっている。

そうなったら、もうM君のような男が、金もないのに世間並みの忘年会を計画して、ミズカラナグサメル会などひらく余地はなくなる。ますます東京は、おもしろくも、おかしくもない、ただの欲望と消費の街になるだろう。……いや、げんに隅田川はもはや川ではなくなりつつあると言っていい。

いつか、日本一うまいシャケは、どこかという話から、それは結局、自分の住んでいるところに一番近い川で獲れたものがうまい、ということになった。だから、昔の東京の人は、利根川のシャケが一番うまい、と言っていたそうだ。

勿論、いまの利根川ではシャケは一年に何びきというほども獲れない。そんな話をきくと、一度でいいから利根川のシャケというのを食ってみたいと思う——、とそんな話をまた別のところでした。すると昔、隅田川のポンポン蒸気の汽船会社を経営していた家の息子だという人が、

「なア、わたしらの親父のころは隅田川でときたま獲れるシャケが一番うまいと言っていたよ」

と、おしえてくれた。昔、隅田川で白魚がとれたということは、芝居や何かで知っていたが、隅田川にもシャケがいたという話ははじめてきいた。——実際、東京湾から子持ちのシャケが隅田川を逆上って、荒川の上流のせせらぎに卵を生みつけて帰るといったことは、いまとなっては童話めいたトッピな空想にすぎないように聞えるではないか。

それでも戦前、北海道でシャケが豊富に獲れ、塩ジャケといえば最も庶民的なオカズの代表だったころは、隅田川もいまほどヒドい有様ではなかった。魚も、シャケや白魚はともかく、雷魚ぐらいは泳いでいたのではなかろうか。私自身は小学校五年のときに東京へ来て、青山に住んでいたから、昭和初年の隅田川といっても、ときたま両国の国技館へつれて行ってもらったときに眺めた記憶があるくらいで、ほとんど知らないが、私と同じ年ごろの下町育ちの連中のなかには、隅田川で水泳をならったという者が何人かいた。何でも、泳いでいるそばを西瓜の皮がプカプカ浮いてきて汚なかった、ということだがとにかく当時の隅田川は、まさに「川」であったに違いない。

昭和十六年、といえばシナ事変の末期、太平洋戦争がはじまる年であるが、私はカチドキ橋のたもとの魚屋の二階を借りて、前記のM君や何かと、毎日あのあたりをブラブラしながら暮らしていた。文学青年のタマゴであった私たちにとって、当時の日本は甚だ暗く、うっとうしい時代であったのだが、そのころからM君や私たちは、川を眺めてミズカラナグサメルことが好きだったのである――。勿論、川はひどく汚れており、カチドキ橋の欄干から体を乗り出して川を眺めていると、川の真ン中あたりに薄茶色の水が流れていたが、岸に寄った方は、ミカン箱だの、猫の死骸だの、いろいろ雑多なものが、あとからあとから流れてきて、もうそれは到底子供が水泳の練習など出来るところではなかったが、そのドブ川みたいな隅田川に、かえって都会の川の郷愁のようなものが感じられないものでもなかった。

終戦直前、私は復員して東京へかえってくると、別段何の用事もないのにカチドキ橋へ川の眺めを見に行ったが、一面、赤茶けたトタン板と瓦礫の荒野になっていた東京の街で、空襲前の東京のおもかげをとどめた唯一のものは隅田川の流れだけだったのである。

「国破れて、山河あり」

は、まったく文字通り、リアリズムといっても、こんなにリアルな言葉はありはしないと思った。

おもえば、あのころ——終戦から翌年にかけて——が、私の知っているかぎりで隅田川が最もまともな川らしく流れていた時期だった。たしか当時は白鬚橋のあたりで、白魚でなくともハゼか何かが相当に釣れるというような話をきいた。私自身は釣りはほとんど知らないから、別に釣竿をかついで出掛けようとも思わなかったが、国中が焼け野原になり、食うもの一つなくなって、はじめて都会の川が川らしく流れるというのは、何とも悲惨なユーモアではないか。

東京の回復するのも早かったが、隅田川がもとのドブ川に逆転するのは、もっと早かった。そして現在の隅田川の汚れ方は、もう戦前にもどったというのではなく、完全に死んだ川になってしまった。――かつての隅田川は猫の死骸や西瓜の皮を浮かべて流れる、キタない川だったが、いまの隅田川はもう流れてはいない。泥に溶けたコールタール色のドロドロしたものが、猛烈な悪臭をたたえて淀んでいるだけの細長い沼である。

一体どうして、こんなことになったか――？　いろいろの理由は上げられるが、一番簡単に言えることは、われわれの国土に対する無関心のせいである。

都会に川は付きものであり、大きな川のそばに人間が寄り集まって住みつくのは、われわれの数千年来の習性である。都会という生活の場は、人間に文化と文明をあたえ、人間をはじめて人間らしく育て上げた〝人類の母胎〟なのであるが、これは人間のチエと自然の力とが釣り合っているときに、はじめて言えることで、人間が寄ってたかって自然をメチャクチャに叩きつぶしてしまっては、もう都会は成立し得ない。そして都会が亡びてしまえば、そこに寄生して暮らしている私たち人間も亡んでしまうのは、自然の道理である。

勿論、文明の進歩した現代では、もう川のないところにだって人間は住める。運河がなくても、道路や鉄道や飛行場をつくれば、その方がずっと便利であり、川の水を飲まなくたって遠くの貯水池から日常生活につかう水は、いくらでも運んでくることが出来る。このように人間にとって必要のなくなった川はもっぱら都会のゴミ棄て場になってしまい、川自体が一つの大きなスタリ物になってしまった。——しかし人間が〝自然〟を亡ぼしつくしたとき、自然の一部分である人間も亡びてしまうという原則は、いまなお続いている。だからこそ都会の中に〝自然〟を何とか生かしておくように、どこの国でも努力しており、川を自分たちの都会の象徴にしている。

おそらく、その努力をせず、かえって川そのものにフタをして暗渠の下水道にしてしまおう、などと考えたりするのは、われわれ日本人だけであろう。——いや考えているというだけではなく、隅田川の暗渠化はすでに貧相なかたちで実際に開始されていると言ってもいい。川岸に、えんえんとコンクリートの万年塀みたいなものを、めぐらせたのは川にフタをする工事の第一段階ではないか？

それにしても、これはまた何と貧弱で醜悪な工事であろう？　柳橋の料亭の庭先に衝立てのように立ちふさがった、高い高い万年塀を見上げながら、私は失望とも苦笑とも言いようのない心持にさせられた。

こういうものを見ると、ヨーロッパに発生した機械文明は、いまの日本に最悪のかたちで現れていると考えずにはいられない。われわれのことを、サル真似人種とか、エコノミック・アニマルとか、いろいろのことを言うが、本当は私たちはサルでもなければ、アニマルでもない、自分たちとは異質の文化を取り入れようと、一生懸命、ワキ眼もふらずに努力して、その結果、異質の文化に圧しつぶされ、生き埋めになろうとしているのが、私たち日本人というものではないか。

ところでコンクリートの万年塀は、汚れてコールタールの泥沼になってしまった川の目かくしのために立てたものかとばかり、私は考えていたのであるが、これが防潮堤だと聞いて、もう一度おどろいた。東京湾から海水が逆流してきたとき、川底に泥がたまった隅田川の水は両岸に溢れ出す。それを防ぐための堤防がこの万年塀だというのである——。

ひとを馬鹿にするのも、いいかげんにしてくれ、と言いたい。隅田川の川幅が何メートルとあり、それが溢れ出すときの水圧が、どのくらいになるものか、数字上のことは私にはわからない。しかし、厚さがせいぜい一〇センチにもならない塀では、いくらコンクリートの万年塀でも、逆流してくる泥水にぶっつかったら、おそらくひとたまりもなく倒れてしまうにきまっている。勿論それは、ないよりはマシかもしれない。しかし、もし本当にそのような危険があるのだとしたら、もっと根本的に川底を掘り下げるとか何とかの対策を考えるべきではないか？

何年に一ぺん、来るか来ないかわからない東京湾の高波にそなえて、隅田川の川底を掘り下げるなど、そんな大工事をする金がないというのなら、いっそ何もせず、そのかわり両岸の家に、すこしでも日光が当るようにした方が、よっぽどいい。それとも、このコンクリートの塀は、東京都民をミズカラナグサメルのための施設だというのであろうか？

同じサル真似文化でも、どうせやるならエッフェル塔まがいの〝東京タワー〟みたいなものばかりつくっていないで、隅田川をセーヌ河みたいにする気はないものか？　セーヌ河では、いまでもヒマ人が釣り糸をたれているし、夏になると一部分、囲いをしたなかで、若い男女が泳いでいるのである。

巻末エッセイ

作家としての分《ぶん》

平野　謙

安岡章太郎に『利根川』という奇妙な本がある。別に本の内容が奇妙だというわけではない。ただこういう本と著者安岡章太郎との結びつきがいささか奇妙だというまでである。この本は昭和四十一年四月に朝日新聞社から刊行されたもので、足をつかって利根川の流域を克明に踏査した一種のルポルタージュである。無論、安岡章太郎でなければ書けない観察は随所に閃めいているものの、どういう量見から安岡章太郎がこういう本を書くことを思いたったかは、最後までわからずじまいのような本だった。

これは『週刊風土記・利根川』と題して、《週刊朝日》昭和四十年八月六日号から翌年一月二十八日号まで、半年間にわたって連載されたのを、一冊の本にまとめたものである。つまり、安岡章太郎は確たるモティーフもないままに、いわば需めに応じて、このルポルタージュを書いた、といってもいいだろう。現代のマス・コミのなかに生きる文士として、格別異とするにたりない。ただこういう一見地味な仕事をしとげる仕事ぶりのなかに、文学者としての栄養を身につけていったプロセスを思うと、やはり作家というものはトクなものだな、と思わざるを得ない。

『利根川』のなかに「渡良瀬遊水地」という項目があって、いわゆる足尾鉱毒事件についてふれられてある。「正直にいって私は、この鉱毒事件については通りいっぺんの知識しかない。だから谷中村の事件についても、ここに遊水池をつくることが洪水対策上、どうしても必要なものなら、農家の立退き買収や、強制執行は止むを得なかっただろうと思う。しかし」というふうに、安岡章太郎は自分の立場を一応かためながら、今日もなおつづいている鉱毒の被害とその醜い象徴たる「渡良瀬遊水地」について書いている。「つまり、公害ということが日本で最初に問題にされた事件だし、それを糸口に前記の社会思想家たちの活動がはじまったというわけだ」として、問題の重さを安岡章太郎は安岡章太郎なりにちゃんと受けとめている。しかし、当然のことながら、安岡章太郎はこの足尾鉱毒事件を、今日の宇井純のような方向において受けとめてはいなかった。

なぜ突然宇井純のことなど持ちだしたかといえば、この高名な公害学者は昨年十二月に再刊された大鹿卓の長篇『渡良瀬川』の解説を書き、足尾鉱毒事件を「日本の公害の原点」として再評価しているからである。田中正造と古河市兵衛という巨大な二個性の対立を軸とする足尾鉱毒事件の社会的意味は、宇井純の解説に簡潔に要約されてある、と一応はいえるだろう。そういう宇井純の関心とは、やはり安岡章太郎のそれはちがっているのである。

昭和四十三年十一月に安岡章太郎は『志賀直哉私論』という長篇評論を刊行した。そのなかの「風土的拒否反応」と「風土と思想」との二章において、安岡章太郎は志賀直哉の祖父直道がその生涯に直面しなければならなかった「相馬事件」と「足尾鉱毒事件」というふたつの大事件について巨細に語っているのだが、このときはからずも『利根川』の丹念な踏査が安岡章太郎を内側からささえるひとつの自信となっているようにみえた。作家はトクなものだ、とさきに私が書いたのも、そういう意味をこめての話である。

昭和八年ころだったか、私は明治文学談話会の例会で木下尚江の話を直接にきく機会を持った。私の漠然たる記憶では、木下尚江は最初いわば飛び入りのかたちでその例会に出席し、その後ときどき顔をみせるようになったとおぼえている。その木下尚江が大逆事件との関連において明治天皇の名をよびすてにした感銘は、いまも私の耳朶に残っている。おそらく田中正造の話もきいたはずだが、この方はほとんど記憶がない。というのは、この明治時代生き残りの社会主義者に私なりの興味をいだき、たまたま新刊の『神　人間自由』を愛読して、そこに描かれた田中正造の像の方がはるかに印象ふかかったからである。木下尚江には大正十年八月に刊行された『田中正造翁』という評伝もあって、それも私は古本屋から探しだして愛読した。その後昭和十年代に大鹿卓の長篇『渡良瀬川』を読んだが、その印象は木下尚江のそれに及ばなかったような記憶がある。戦後になって、私は荒畑寒村、河上肇、伊藤野枝、志賀直哉、高見順らの足尾鉱毒事件に取材した記録、回想、小説などを新しく読み、あるいは読みなおして、大逆事件と鉱毒事件との凹凸の関係を私なりにみなおしたいと思いたったこともある。大逆事件はないものをあるとデッチあげた事件であり、鉱毒事件はあるものをないといいくるめた事件であって、その中央に田中正造という巨人がたたずみ、大きな影響を社会主義者や文学者に与えつづけている、というのが私のひそかな観測である。それは戦後の城山三郎の『辛酸』にまで及んでいる、といっていい。

したがって、私は安岡章太郎の『志賀直哉私論』のなかの鉱毒事件にふれた個所をおのずと熟読せずにいられなかったが、ここでも作家はトクだなアと思わぬわけにゆかなかった。安岡章太郎はここで都市と農村、風土と思想、日本近代化の特質というような巨視的な観点も巧みにうちだしながら、しかし、鉱毒事件を中心とする祖父、父、子の三角関係を、その社会的側面を次第に捨象して、「愛」という個人的な視点にまで収斂してゆくのである。作家はトクだなアと思わざるを得ない所以である。同時に、安岡章太郎が社会評論や文明批評の領域にそのレパートリイを拡大しながら、つねに作家としての分《ぶん》を忘れぬ秘密を、ここにかいまみた思いも禁じ得なかった。

（ひらの・けん　文芸評論家）

＊講談社版『安岡章太郎全集』第Ⅳ巻月報（一九七一年四月）より再録

編集付記

一、『利根川』は一九六六年四月に朝日新聞社より単行本が、一九七七年六月に『利根川・隅田川』として旺文社文庫版が刊行された。

一、本書は旺文社文庫版を底本とし、「利根川」「新隅田川叙情」は読売新聞社版『安岡章太郎エッセイ全集Ⅷ』（一九七五年）を参照した。

一、底本中、明らかな誤植と考えられる箇所は訂正し、数字の表記のゆれについては統一した。

一、本文中、今日の人権意識に照らして不適切な語句や表現が見受けられるが、著者が故人であること、執筆当時の時代背景と作品の文化的価値を考慮して、底本のままとした。

中公文庫

利根川《とねがわ》・隅田川《すみだがわ》

2020年1月25日　初版発行

著　者　安岡章太郎《やすおかしょうたろう》

発行者　松田陽三

発行所　中央公論新社
〒100-8152　東京都千代田区大手町1-7-1
電話　販売 03-5299-1730　編集 03-5299-1890
URL http://www.chuko.co.jp/

ＤＴＰ　嵐下英治
印　刷　三晃印刷
製　本　小泉製本

Published by CHUOKORON-SHINSHA, INC.
Printed in Japan　ISBN978-4-12-206825-4 C1195